輕鬆學文言

第一冊

哈哈星球　譯注

陳偉　繪

U0132636

商務印書館

責任編輯　馮孟琦
裝幀設計　涂慧　趙穎珊
排　　版　高向明
責任校對　趙會明
印　　務　龍寶祺

輕鬆學文言（第一冊）

譯　　注　哈哈星球
繪　　圖　陳偉
出　　版　商務印書館（香港）有限公司
　　　　　香港筲箕灣耀興道 3 號東滙廣場 8 樓
　　　　　http://www.commercialpress.com.hk
發　　行　香港聯合書刊物流有限公司
　　　　　香港新界荃灣德士古道 220-248 號荃灣工業中心 16 樓
印　　刷　中華商務彩色印刷有限公司
　　　　　香港新界大埔汀麗路 36 號中華商務印刷大廈
版　　次　2023 年 6 月第 1 版第 1 次印刷
　　　　　© 2023 商務印書館（香港）有限公司
　　　　　ISBN 978 962 07 4662 8
　　　　　Printed in Hong Kong

原著為《有意思的古文課》
哈哈星球 / 譯注，陳偉 / 繪
本書由二十一世紀出版社集團有限公司授權出版

目 錄

注：帶 📖 的文章為香港教育局中國語文課程的文言文建議篇章。

人皆有不忍人之心

選自《孟子》

姓名	孟軻
別稱	世稱「孟子」，獲尊稱「亞聖」
出生地	鄒國（今山東省鄒城市）
生卒年	約公元前 372 年—公元前 289 年

文學大咖 👍👍👍👍👍

諸子散文中，《孟子》文學性極強
《孟子》與《大學》《中庸》《論語》合稱為「四書」

故事大王 👍👍👍

孟母三遷　斷織喻學　殺豚不欺子
一曝十寒　始作俑者　五十步笑百步

音樂達人 👍👍👍

主張雅俗共賞，「與眾樂樂」，「與民同樂」

生命指數 👍👍👍👍👍

84 歲

生而為人，勸你善良

　　據說孟子看人很準。如果你跟他哭訴，我又被騙了，他會頭都不抬地告訴你：出門左轉，先看眼科。

　　眼睛從不說謊。東張西望，鬼鬼祟祟，多半是做了壞事。若想目光堅定，首先要善良。

　　看見祭牛，解綁不忍殺；遇到小孩子掉井，施援手以搭救。人之初，性本善，良心是最本能的驅動力。

　　看完眼科，孟子才會告訴你：大丈夫要懂惻隱，知羞恥，能辭讓，明是非，四者歸一，胸懷赤子之心，腳下的路就會走得踏實。

　　這樣，再來識人，便沒甚麼可怕的了。

孟子曰：「人皆有**不忍人**之心。先王有不忍人之心，斯有不忍人之政矣；以不忍人之心行不忍人之政，治天下可**運**之掌上。所以謂人皆有不忍人之心者：今人乍

見**孺子**將入於井，皆有**怵惕****惻隱**

之心；非所以**內交**於孺子之父

母也，非所以**要譽**於鄉黨朋友也，

非**惡**其聲而然也。

不忍人：憐愛別人。忍人，狠心對待別人。　　**運**：運轉，轉動。　　**乍**：突然。
孺子：幼兒、兒童。　　**怵惕**：驚駭，恐懼。　　**惻隱**：哀痛，憐憫（別人的不幸）。
內交：結交。內，同「納」。　　**要譽**：博取名譽。要，求取。

孟子説：「每個人都有憐愛別人的心。先王有憐愛別人的心，才有憐愛百姓的政治；用憐愛別人的心，施行憐愛百姓的政治，治理天下就可以像在手掌心裏面運轉東西（一樣容易了）。之所以説每個人都有憐憫別人的心（是因為）：現在有人突然看見一個小孩將要掉進井裏面去，都會產生恐懼憐憫的心理；（同時，又）不是因為想去和這孩子的父母結交，不是因為想在鄉鄰朋友中博取聲譽，也不是因為厭惡這孩子的哭叫聲才產生這種恐懼憐憫心理的。

日益精進

孺子

　　指兒童，也指後生，還泛指貴族的妾。

「由是觀之，無惻隱之心，非人也；無**羞** **惡** 之心，非人也；無**辭讓**之心，非人也；無是非之心，非人也。惻隱之心，仁之**端** 也；羞惡之心，義之端也；辭讓 之心，禮之端也；是非之心，智之端也。人之有是四端也，猶其有**四體**也。」

羞惡：對自身的不善感到羞恥，對他人的不善感到憎惡。　**辭讓**：謙遜推讓。
端：萌芽，發端。　**四體**：四肢。

「由此看來，沒有憐憫心，（簡直）不是人；沒有羞恥心，（簡直）不是人；沒有謙讓心，（簡直）不是人；沒有是非心，（簡直）不是人。憐憫心，是仁的發端；羞恥心，是義的發端；謙讓心，是禮的發端；是非心，是智的發端。人有這四種發端，就像有四肢一樣。」

日益精進

性本善

　　孟子求學的時候，孔子已經過世 100 多年。他雖然沒有被孔子親自教導過，卻曾跟隨子思（孔子的孫子）的學生求學。因此在思想上，孟子間接受了子思的影響，成為孔子的「鐵杆粉絲」，接受了以「仁」為本的思想，並提出人性本善。他認為人的本性都是向善的，正像水總是向低處流一樣。

「有是四端而自謂不能者，自賊

者也；謂其君不能者，賊其君者

也。凡有四端於我者，知皆擴而充之矣，若

火之始然 ，泉之始達  。苟能

充之，足以保四海；苟不充之，不足以事父

母。」

賊：傷害。　然：同「燃」，燃燒。　達：流通，指泉水湧出。　保：安定。

「有了這四種發端卻自認為做不到的，是傷害自己的人；認為他的君主做不到的，是傷害他的君主的人。凡是有這四種發端的人，都應該知道要擴大、充實它們，就像火剛剛開始燃燒，泉水剛剛開始湧出。如果能夠擴充它們，便足以安定天下；如果不能夠擴充它們，就連贍養父母都成問題。」

ⓓ益ⓢ進

孟子「四心」

　　即惻隱之心、羞惡之心、辭讓之心和是非之心。孟子認為這「四心」是人與生俱來的品質。這是構成孟子「仁政」理想的重要部分，也是中國古代哲學中「性善論」的理論基礎和支柱。

扁鵲見蔡桓公

韓非

姓名	韓非
別稱	韓子、韓非子
出生地	韓國新鄭（今河南省新鄭市）
生卒年	公元前 280 年—公元前 233 年

議政能力 👍👍👍👍

封建專制　中央集權　改革圖治　以法治國

學術造詣 👍👍👍👍👍

中國古代法家思想集大成者　著作《韓非子》

社會關係 👍👍👍👍

韓國公子　師從荀子
和李斯是同學

生命指數 👍👍👍

48 歲

居然不理我…

「蔡桓公」身份之謎

《扁鵲見蔡桓公》的故事出自《韓非子‧喻老》，篇名是後人加的。中國歷史上，從來沒有過一個被稱為「蔡桓公」的人，倒是有一個「蔡桓侯」，他是蔡國的國君。可是，這個「蔡桓侯」在公元前 695 年就死了，他死時距扁鵲出生（公元前 407 年）還有二百八十多年呢。

文中的蔡桓公，實際上是齊桓公，但不是春秋五霸之一的齊桓公小白，而是戰國時期的齊桓公田午。春秋戰國時期，齊國分為兩個階段，即呂氏齊國和田氏齊國。田氏代齊以後，齊國的國名、君主爵位依然被沿用。所以，這個齊桓公實際上是戰國時期的「田齊桓公」。也有學者認為，這個故事是韓非杜撰的，目的只是告誡人們「諱疾忌醫」的後果很嚴重。

❶

扁鵲見蔡 桓^{huán}公，立**有間**。扁鵲曰：「君

有**疾** 在**腠^{còu}理**，不治將恐深 。」桓

侯曰：「**寡人**無疾。」扁鵲出，桓侯曰：「醫

之**好^{hào}**治不病以為功 。」

有間：一會兒。　**疾**：古時「疾」與「病」的意思有區別。疾，小病、輕病；病，重病。
腠理：肌膚的紋理。　**寡人**：寡德之人。古代君主對自己的謙稱。　**好**：喜歡。

　　扁鵲拜見蔡桓公，站了一會兒，扁鵲說：「君主有病處於肌膚的紋理間，不醫治的話，恐怕會深入。」桓侯說：「我沒有病。」扁鵲走後，桓侯說：「醫生喜歡醫治未患病的人，並拿它作為自己的功勞！」

日(益)精(進)

扁鵲

　　戰國時期的名醫，總結出了「望、聞、問、切」的中醫「四診法」。關於扁鵲有一個傳說：有一次扁鵲行醫到虢（guó）國，虢國的太子死了，正要下葬。扁鵲問明其病情後，斷定太子未死，並對太子先用針刺，又用藥敷，最後配湯藥喝。太子僅僅服了 30 多天的藥，就完全康復了。扁鵲由此名揚天下。

❷　居十日，扁鵲復見，曰：「君之病在肌

膚，不治將益^{yìng}深。」桓侯不應。扁鵲出，桓

侯又不悦。居十日，扁鵲復見，曰：「君之病

在腸胃，不治將益深。」桓侯又不應。

扁鵲出，桓侯又不悦。

居：用在表示時間的詞語前面，表示相隔一段時間。　　益：更加。

　　過了十天，扁鵲又去拜見桓侯，對桓侯說：「君主的病處於肌肉，不醫治將更向裏發展。」桓侯不理睬他。扁鵲走後，桓侯又不高興了。過了十天，扁鵲再去拜見桓侯，對桓侯說：「君主的病處於腸胃，不醫治將更向裏發展。」桓侯又不理睬他。扁鵲走後，桓侯又不高興了。

日益精進

中國古代四大名醫

　　中華「醫祖」扁鵲：出生在戰國時期，青年時在一家客棧當職，從而結識了長桑君，得其真傳，開始了行醫生涯。

　　「神醫」華佗：出生於東漢末年，發明了麻沸散，開創了世界麻醉藥物的先例，還發明了健身操「五禽戲」。

　　「藥王」孫思邈：出生於隋代，他腰間常常掛着一個葫蘆，行走於民間，為窮苦人治病，一生「懸壺濟世」。

　　「藥聖」李時珍：明代著名醫藥學家，著有醫藥學巨著《本草綱目》。

3 　居十日，扁鵲望桓侯而還走^{xuán}。桓侯故使人問之，扁鵲曰：「疾在腠理，湯^{tàng}熨^{wèi}之所及也；在肌膚，針石之所及也；在腸胃，火齊^{jì}之所及也；在骨髓，司^{suǐ}命之所屬，無奈何也。今在骨髓，臣是以無請也。」居五日，桓侯體痛，使人索扁鵲，已逃秦矣。桓侯遂死^{suì}。

還：後退。　**走**：疾趨。　**針石**：上古時用以治病的石針。

火齊：清火的藥劑。齊，藥劑，這個意義後來寫作「劑」。　**司命**：掌管人生命的神。

屬：隸屬。

　　過了十天，扁鵲看到桓侯就小步快退然後出去了。桓侯特地派人去問他。扁鵲説：「病處於皮膚，是燙熨的力量能達到的地方；病處於肌肉，是針灸力量能達到的地方；病處於腸胃裏，是火劑湯的力量能達到的地方；病處於骨髓裏，是歸屬於司命的地方，醫藥已經沒有辦法了。現在他的病處於骨髓，因此我就不再請求（為他治病）了。」過了五天，桓侯渾身疼痛，派人尋找扁鵲，扁鵲已經躲到秦國去了。於是桓侯就死了。

日益精進

湯熨

　　中醫治病的方法之一。湯，用熱水敷治，這個意義後來寫作「燙」。熨，用藥物熱敷。

要聽醫生的話……

普通話朗讀

鄒忌諷齊王納諫

劉向

姓名	劉向
別稱	字子政，世稱劉中壘
出生地	世居漢代楚國彭城，祖籍沛郡豐邑（今江蘇省徐州市）
生卒年	約公元前 77 年—公元前 6 年

文學造詣 👍👍👍👍

經學家　文學家　《戰國策·敍錄》　編訂《楚辭》
與兒子劉歆共同編訂《山海經》

才藝指數 👍👍👍👍

目錄學家

生命指數 👍👍👍👍

72 歲

以真為鑑，不照哈哈鏡

《戰國策》，國別體故事彙，既有國與國、人與人之間的爭鬥計謀，也有治國馭民之法和為人處世之道。

鄒忌三問，妻、妾、客三答，皆是讚美。

鄒忌懂思考，抓住姬妾、近臣、百姓的心理動機，表達是技巧，勸諫是目的。齊威王不負眾望，海納百川。

成就事業，為君，需賢明；為臣，需策略。但，兩者都需要勇氣。

君者，有勇氣才能聽真話；臣者，有勇氣方敢說實話。

後世唐太宗說：「以銅為鏡，可以正衣冠；以古為鏡，可以知興替；以人為鏡，可以明得失。」問題的關鍵已經變成了：無論以何為鏡，最重要的是不能照哈哈鏡。

❶ zōu
鄒忌修八尺有餘｜185cm，而形貌**昳麗**。

zhāo
朝服衣冠，窺鏡，謂其妻曰：「我孰與城北徐公美？」其妻曰：「君美甚，徐公何能及君也？」城北徐公，齊國之美麗者也。忌不自信，而復問其妾曰：「吾孰與徐公美？」妾曰：「徐公何能及君也？」

鄒忌：戰國時齊人，善鼓琴，有辯才，曾任齊相。　**昳麗**：光豔美麗。

❶ 　　鄒忌身高八尺多，外形、容貌光豔美麗。早晨穿戴好衣帽，照鏡子，對他妻子說：「我和城北徐公相比，誰美？」他的妻子說：「您美得很，徐公怎麼能比得上您？」城北徐公是齊國的美男子。鄒忌不相信自己比徐公美，於是又問他的妾：「我和徐公相比，誰美？」妾回答說：「徐公哪能比得上您？」

⊟(益)(精)(進)

《戰國策》

　　西漢劉向編訂的國別體史書。主要記述了戰國時期縱橫家的政治主張和策略。作者並非一人，成書並非一時，西漢末劉向編訂為三十三篇，定名為《戰國策》。《鄒忌諷齊王納諫》即選自《戰國策·齊策》。

旦日，客從外來，與坐談，問之客曰：「吾與徐公孰美？」客曰：「徐公不若君之美也。」明日徐公來，**孰視之** ，自以為不如；窺鏡而自視，又**弗如遠甚**。暮寢而思之，曰：「吾妻之**美我**者，**私**我也 ；妾之美我者，畏我也 ；客之美我者，欲有求於我也 。」

旦日：明日，第二天。　**孰視之**：孰，仔細，這個意義後來寫作「熟」。之，代指城北徐公。
弗如遠甚：比不上，遠遠不如。弗，不。　**美我**：以為我美。　**私**：偏愛，動詞。

第二天，有客人從外面來拜訪，鄒忌與他相坐而談，問客人：「我和徐公比，誰美？」客人說：「徐公不如您美麗。」又過了一天，徐公來了，鄒忌仔細看他，自己認為不如徐公美；照鏡子看自己，更是覺得自己比不上，（而且）遠遠不如。晚上他躺在牀上想這件事，說：「我的妻子認為我美，是偏愛我；妾認為我美，是害怕我；客人認為我美，是有事情有求於我。」

日益精進

《山海經》

　　《山海經》是由劉向與其子劉歆共同編訂而成。《山海經》的書名雖最早見於《史記》，但司馬遷觀之卻歎曰：「至《禹本紀》《山海經》所有怪物，余不敢言之也。」因此，直到約百年後漢成帝時，劉向、劉歆父子奉命校勘整理經傳諸子屬詩賦，才將此書公之於眾。

❷ 　於是入朝見威王，曰：「臣**誠知**不如徐公美。臣之妻私臣，臣之妾畏臣，臣之客欲有求於臣，皆以美於徐公。今齊地**方**千里，百二十城，宮婦**左右**莫不私王，朝廷之臣莫不畏王，四境之內莫不有求於王：由此觀之，王之蔽^(bì)甚矣。」

誠知：確實知道。　　**方**：古代計算面積的術語。方千里，意為縱橫千里。
左右：國君身邊的近臣。

②

　　於是上朝拜見齊威王，說：「我知道自己確實不如徐公美。可是我的妻子偏愛我，妾害怕我，客人有事想求助於我，所以他們都說我比徐公美。如今齊國疆土方圓千里，一百二十座城池。宮中的姬妾及身邊的近臣，沒有一個不偏愛大王的，朝中大臣沒有一個不懼怕大王的，全國的百姓沒有不對大王有所求的。由此看來，大王您受的蒙蔽太嚴重了！」

日益精進

《楚辭》

　　《楚辭》是中國文學史上第一部浪漫主義詩歌總集，「楚辭體」相傳是屈原等人創作的一種新詩體。「楚辭」的名稱，西漢初期已有之，至劉向乃編輯成集。

❸　王曰：「善。」乃下令：「羣臣吏民能**面刺**寡人之過者，**受**上賞　　　；上書諫寡人者，受中賞　　　；能謗譏_{bàng}_{cháo}於**市朝**，**聞**寡人之耳者，受下賞　　　。」令初下，羣臣進諫，門庭若市　　　；數月之後，時時而間進_{jiàn}；期年之後，雖欲言，無可進_{jī}者。燕、趙、韓、魏聞之，皆朝於齊。此所謂戰勝於朝廷。

面刺：當面指責。　**受**：給予。　**譏**：諷刺。　**市朝**：指集市、市場等公共場合。
聞：這裏是「使……聽到」的意思。

❸　齊威王説：「很好！」於是下命令：「大臣們和官吏，能夠當面批評我的過錯的人，給予上等獎賞；上書直言規勸我的人，給予中等獎賞；能夠在公共場所指責議論我的過失，並傳到我耳朵裏的人，給予下等獎賞。」命令剛下達，許多大臣都來進獻諫言，宮門和庭院像集市一樣喧鬧；幾個月以後，還不時地有人偶爾進諫；滿一年以後，即使有人想進諫，也沒有甚麼可説的了。燕、趙、韓、魏等國聽説了這件事，都到齊國朝拜齊威王。這就是所説的在朝廷之上不戰自勝。

日益精進

吏民

　　在上古，「吏」是職位低的官，吏民可以理解為職位低的官吏。

普通話朗讀

4

誡子書

諸葛亮

姓名　諸葛亮

別稱　字孔明，號臥龍

出生地　徐州琅琊陽都（今山東省沂南縣）

生卒年　公元 181—234 年

三國

軍政能力 👍👍👍👍👍

隆中對策　赤壁鬥智　定鼎荊益　先主託孤　北伐中原

才藝指數 👍👍👍👍👍

書法家　《遠涉帖》被王羲之臨摹

發明家　發明孔明鎖、孔明燈、木牛流馬、諸葛連弩

社會關係 👍👍👍👍👍

妻子：黃月英（襄陽名士黃承彥之女）

哥哥：諸葛瑾（吳國大將軍）

從弟：諸葛誕（魏國征東大將軍）

引薦人：徐庶（劉備帳下謀士，後歸曹操）

老師：水鏡先生司馬徽（襄陽名士）

生命指數 👍👍👍

54 歲

一封家書傳千古

蜀漢建興五年（公元 227 年），諸葛亮喜得一子。他給兒子起名諸葛瞻。

這年，他四十七歲，正值北伐。

諸葛亮為蜀漢江山，日夜操勞，鞠躬盡瘁；而對自己的兒子諸葛瞻，他是愧疚的。北伐這些年，他很少在兒子身邊，兒子一晃已經八歲了，而此時的諸葛亮已是風燭殘年。五十四歲臨終之前，他給兒子諸葛瞻寫了一封家書——《誡子書》。

這封家書，不足百言，卻飽含着諸葛亮這位品格高潔、才學淵博的父親，對兒子的殷殷教誨與無限期望，成為後世歷代學子修身立志名篇。

fú

夫君子之行，靜以修身，儉以養德。非

淡泊無以明志，非寧靜無以致遠　　。夫

學須靜也，才須學　　　也，非學無以廣

才，非志無以成學。**淫慢**則不能**勵精**，險躁

則不能治性。年與時**馳**，意與日**去**　　，遂

成枯落　　　，多不**接世**，悲守窮廬　　，

將復何及！

淫慢：過度享樂，懈怠。淫，過度。　　**勵精**：振奮精神。　　**馳**：急速運行。
去：消逝，逝去。　　**接世**：接觸社會，承擔事務，對社會有益。

有道德修養的人，用內心安靜的方式來修養身心，用自我約束的辦法來培養高尚品德。不恬靜寡慾，就無以表明自己的志向；不排除外來干擾，便無法實現遠大目標。學習必須靜心專一，而才幹來自勤奮學習。如果不學習就無法增長自己的才幹，不立志向就不能在學習上獲得成就。過度享樂、消極怠慢就不能磨礪心志，使精神振作，冒險草率、急躁不安就不能修養性情。年華隨着時間的增長而急速增長，意志隨着光陰的流逝而快速流逝，於是成為衰殘之物，多不被社會所接納，只能悲哀地困守在自己窮困的破屋舍裏，(到那時後悔) 又怎麼來得及！

日 益 精 進

書

　　書信，也可以理解為一種古代的家訓，大多濃縮了作者畢生的生活經歷、人生體驗和學術思想等方面的內容，不僅家族中的子孫從中獲益頗多，就是今人讀來也大有可借鑑之處。

普通話朗讀

《世説新語》二則

劉義慶

姓名	劉義慶
別稱	字季伯，世稱臨川王
出生地	彭城郡（今江蘇省徐州市）
生卒年	公元 403—444 年

南北朝

政務能力 👍👍👍👍👍

17 歲任尚書左僕射　後任荊州刺史等職　頗有功績

文學造詣 👍👍👍👍👍

著有志怪小說《幽明錄》　主編《世說新語》
對後世筆記小說影響深遠

社會關係 👍👍👍👍👍

南朝宋武帝劉裕之姪　長沙王劉道憐次子
在諸王中頗為出色

生命指數 👍👍

42 歲

名士時尚指南，
達人風流秀場

一千五百年前，南朝人劉義慶編寫了這樣一本書：它是一部誌人小説，隻言片語間，魏晉名士的風流人生便躍然紙上；它是文人爭相模仿的時尚指南，是權威發佈的風雲人物潮流榜單。

它是《世説新語》，歷久彌新的段子精華，永不過時的達人秀場。

它教會我們發現美、欣賞美、崇尚美 —— 美是內在的智慧，所以我們歎賞謝道韞賞雪的「詠絮之才」；美是高貴的德行，所以我們讚揚七歲小元方的遵禮守信；美是言行脱俗、風姿卓異，所以我們欽慕至情至性的阮 (ruǎn) 籍、放浪不羈 (jī) 的嵇 (jī) 康……把那個時代一切關於美的理想匯集起來，就形成了所謂的「魏晉風度」。

詠雪

謝太傅寒雪日**內集** party，與兒女講論文義。**俄而**雪驟，公欣然曰：「白雪紛紛何所似？」兄子胡兒曰：「撒鹽 為自己代鹽～～ 空中**差^{chā}可擬**。」兄女曰：「**未若**柳絮 因風起。」公大笑樂。即公大兄無奕女^{yì}，左將軍王凝之妻也。

內集：把家裏人聚集在一起。　**俄而**：不久，不一會兒。　**差可擬**：差不多可以相比。
未若：不如，不及。　**因**：趁，乘。

謝太傅在一個寒冷的雪天把家人聚在一起，跟子姪輩談詩論文。不一會兒工夫，雪下得大了，太傅高興地説：「這紛紛揚揚的白雪像甚麼呢？」他哥哥的長子胡兒（謝朗）説：「跟把鹽撒在空中差不多。」另一個哥哥的女兒説：「不如比作風把柳絮吹得漫天飛舞。」太傅大笑，（很）愉快。這女孩就是謝奕的女兒謝道韞，左將軍王凝之的妻子。

日 益 精 進

《世説新語》

　　中國魏晉南北朝時期「筆記小説」的代表作，是我國最早的一部文言誌人小説集。《世説新語》又名《世説》，主要記載東漢後期到魏晉間一些名士的言行與軼事。

陳太丘與友期行

陳太丘與友**期行**，期日中 。過中不至，太丘舍去，去後乃至。元方時年七歲，門外戲。客問元方：「**尊君** *your father* 在否不？」答曰：「待君久不至，已去。」友人便怒曰：「非人哉！與人期行，**相委而去**。」元方曰：「君與家君 *my father* 期日中。日中不至，則是無信；對子罵父，則是無禮。」友人慚，下車引之 。元方入門不顧。

期行：相約同行。期，約定。
尊君：對別人父親的一種尊稱。家君，謙辭，對人稱自己的父親。
相委而去：丟下我走了。相，偏指一方對另一方的行為。

陳太丘和朋友約定一起出門，定的時間是中午。過了中午，朋友還沒有到，太丘不再等候就離開了。太丘走後，朋友才到。太丘的長子陳元方當時七歲，正在門外玩耍。客人便問元方：「你的父親在嗎？」元方回答道：「等您很久都不來，他已經走了。」（太丘的）友人便發起脾氣來，罵道：「真不是人啊！和別人相約同行，卻丟下別人先離開了。」元方說：「您與我父親定的時間是中午，中午您沒到，這就是不守信用；對着人家孩子罵他的父親，就是不以禮相待。」友人感到慚愧，便從車裏下來，想跟元方握手，元方頭也不回地走進家門。

日益精進

古代常見的敬辭與謙辭

敬辭：令尊、令堂、令郎、令愛；賜教、賜覆；賢弟、賢姪。

謙辭：家父、家嚴、家母；舍弟、舍妹；小兒、小女；愚兄、愚見；拙作、拙見；鄙人、鄙見；寒舍。

普通話朗讀

桃花源記

陶淵明

姓名	陶淵明
別稱	自號五柳先生
	世稱靖節先生
出生地	潯陽柴桑（今江西省九江市）
生卒年	公元 352 或 365—427 年

政務能力 👍👍👍

江州祭酒　入桓玄幕　鎮軍參軍　彭澤縣令

文學造詣 👍👍👍👍👍

飲酒詩鼻祖　詠懷詩先驅　田園詩第一人
古今隱逸詩人之宗
主要作品《歸園田居》《雜詩》《桃花源記》《歸去來兮辭》
《五柳先生傳》

鬧市中的田園夢，亂世裏的理想國

　　向前一步做官養家糊口？後退一步荷鋤躬耕自得其樂？出仕還是歸隱，這是陶淵明一輩子都在糾結的問題。

　　數次做官，數次辭職，在出任彭澤縣令的八十多天後，他棄官而去，從此歸隱田園，「採菊東籬下，悠然見南山」。

　　即便苟活於亂世，內心卻坦蕩如水，俗物都成了美。《桃花源記》正是他心中美的凝結。

　　他幻想出一個世外桃源，用最簡單、最淺顯的語言和形式，不露痕跡地講了一個帶有奇幻意味的故事。桃花源裏有生命中的美好時刻，雞在鳴，狗在叫，田園中小路互通，人們欣欣然往來耕種……

① 　晉太元中，武陵人捕魚為業。**緣**溪行，忘路之遠近。忽逢桃花林，**夾岸**數百步，中無雜樹，芳草鮮美，**落英**繽紛。漁人甚**異之**，復前行，欲**窮**其林。

緣：沿着，順着。　**夾岸**：溪流兩岸。　**落英**：落花。

異之：即「以之為異」，對見到的景象感到詫異。異，形容詞的意動用法，感到詫異。之，代詞，指見到的景象。　**窮**：窮盡。

1 　　東晉太元年間，武陵郡有個人以捕魚為職業。有一天他沿著溪水划船前行，忘記了路程的遠近。忽然遇到一片桃花林，在小溪兩岸的幾百步之內全是桃樹，中間沒有別的樹木，芳草青翠可愛，落花紛亂繁多，漁人對此感到非常詫異。他繼續往前走，想要走到林子的盡頭。

日益精進

孟嘉落帽

　　孟嘉，東晉時期名士，是陶淵明的外祖父，為人襟懷淡泊，溫文儒雅。有一年重陽，孟嘉與友人相聚，突然一陣風把他的帽子吹落在地，眾人乘酒興捉弄他，未告知他帽落。待他發現自己落帽，便鎮定自若地戴正，並從容不迫地寫文為自己的失禮辯護。滿座賓朋傳閱後，無不擊桌歎服。「孟嘉落帽」的典故形容才思敏捷，灑脫有風度。

❷ 　　林盡水源，便得一山，山有小口，彷

彿若有光。便捨船，從口入。初極狹，

才通人。復行數十步，**豁然**開朗。土地

平曠，屋舍 yǎn **儼然**，有良田、美池、桑竹之

屬。 qiānmò **阡陌交通**，雞犬相聞。

其中往來種作，男女衣着，**悉**如外人。**黃髮**

tiáo **垂髫**，並怡然自樂。

豁然：開闊的樣子。　**儼然**：整齊的樣子。

阡陌交通：田間小路交錯相通。阡陌，田間小路，南北走向的叫阡，東西走向的叫陌。

交通，交錯相通。　**悉**：全，都。

黃髮垂髫：指老人和小孩。黃髮，古時指老人。垂髫，古時指小孩子。

　　（桃花）林的盡頭是溪水的源頭，（漁人）發現了一座小山，山上有個小洞口，好像隱約透着點光亮。（漁人）於是就下了船，從洞口進去。起初洞非常狹窄，只能通過一人。又走了幾十步，突然變得明亮開闊了。（漁人眼前這片）土地平坦寬廣，房屋排列得非常整齊，還有肥沃的田地、美麗的池塘，以及桑樹、竹子這類植物。田間小路交錯相通，雞鳴狗吠此起彼伏。人們在田間來來往往耕種勞動，男男女女的衣着打扮，全都和桃花源外面的人一樣。老人和小孩，都一樣喜悅快樂。

日益精進

古代年齡稱謂

　　初度：周歲；總角：童年；垂髫：童年；豆蔻：女子十三歲；束髮：男子十五歲；及笄：女子十五歲；弱冠：男子二十歲；而立：三十歲；不惑：四十歲；天命：五十歲；花甲：六十歲；古稀：七十歲；皓首：老年；耄耋：八九十歲；黃髮：長壽老人；期頤：百歲。

3 見漁人，乃大驚，問所從來。具答
之。便**要**_{yāo}還家，設酒殺雞作食。村中聞
有此人，**咸**來問訊。自云先世避秦時亂，率
妻子**邑人**_{yì}來此**絕境**，不復出**焉** STOP ，遂與外
人間隔_{jiàn}。問今是何世，乃不知有漢，無論魏
晉。此人一一為具言所聞，皆歎惋_{wǎn}。餘人各
復**延至**其家，皆出酒食。停數日，辭去。此
中人語_{yù}云：「不足為外人道也。」

要：邀請，這個意義也作「邀」。　**咸**：都，全。　**邑人**：鄉人。
絕境：與外界隔絕的地方。　**焉**：兼詞，相當於「於之」，「於此」，從這裏。
延至：邀請到。延，邀請。

3

　　（這裏的人）看見漁人，非常驚訝，問他從哪裏來。（漁人）都一一做了回答。（他們）便邀請他到家中做客，擺了酒、殺了雞來款待他。村裏面的其他人聽説來了這麼一個人，都來打聽消息。他們説先祖躲避秦時戰亂，率領妻兒和鄉親們來到這個與世隔絕的地方，再也沒有從這裏出去過，於是和外面的人隔絕了。（村裏的人）問現如今是甚麼朝代，竟然不知道有漢朝，更不用説魏、晉兩朝了。漁人向他們一一講述自己知道的所有事，村民們聽了都（對此）感歎惋惜。其餘的人又各自把漁人邀請到自己的家中，都拿出美酒佳肴來款待他。（漁人）停留了幾日，告辭離開。村裏的人告訴他：「不必對外面的人説起這裏呀。」

日益精進

妻子

　　古義指妻子和兒女。「妻」「子」是兩個詞，意思不同於現代漢語的「妻子」。

55

❹ 　　既出，得其船，**便扶向路**，處處志之。

及郡下，**詣**太守，説如此。太守即遣人隨其

往，尋向所志，遂迷　　，不復得路。

❺ 　　南陽劉子驥，高尚士也，聞之，欣然規

往。未果，**尋**病終。後遂無**問津**者。

便扶向路：就順着來時的路（回去）。扶，沿着、順着。向，從前的、先前的。

志：動詞，做標記。　　**詣**：拜訪，到某地去看望人。　　**尋**：不久。

問津：詢問渡口。引申為訪求。津：渡口。

④　（漁人）出來之後，找到了自己的船，就沿着來時的路回去，沿路處處都做了記號。到了武陵郡，就去拜見太守，說了自己的這番經歷。太守便派遣人員跟隨他前往，尋找（漁人）先前留下記號的地方，竟然迷了路，再也找不到（通往桃花源的）路了。

⑤　南陽（有個）劉子驥，是個高尚的人，聽說了這件事，愉快地計劃着前往。沒能實現，不久（他）就病死了。此後就沒有探訪桃花源的人了。

日益精進

太元
　　東晉孝武帝年號（公元 376 － 396 年）。

普通話朗讀

7

五柳先生傳

陶淵明

姓名	陶淵明
別稱	自號五柳先生
	世稱靖節先生
出生地	潯陽柴桑（今江西省九江市）
生卒年	公元 352 或 365—427 年

政務能力 👍👍👍

江州祭酒　入桓玄幕　鎮軍參軍　彭澤縣令

文學造詣 👍👍👍👍👍

飲酒詩鼻祖　詠懷詩先驅　田園詩第一人
古今隱逸詩人之宗
主要作品《歸園田居》《雜詩》《桃花源記》《歸去來兮辭》
《五柳先生傳》

生命是盆栽，
要自己成全
自己

愛花的男人，
可是會做詩的
～～～

陶淵明

陶淵明愛菊，愛松，也愛柳。

他說只要心懷高遠，腳下的塵土也會變得清淨，眼前的菊、松、柳，也會變成山川、峽谷與海洋。

在生命美學的認知上，陶淵明似乎給了我們一點啟示：種幾棵樹，栽幾盆花，開闢一個小小的庭院，假裝石頭是一座山，暗示一點點青苔是一片深林，美的張力便在此凝固。你無法到達遠方，但遠方的美卻被保存下來，在一個可以不斷培育、不斷養植、不斷枝繁葉茂的盆栽之中。

一把扇子可包羅四季，一張手絹可容納山川，生命的盆栽能否永遠「山氣日夕佳，飛鳥相與還」，還要靠源源不斷地自我滋養。

這是精神飛升的達成，也是自己成全自己。

1 先生不知何許人也，亦不詳其姓字，

宅邊有五柳樹，因以為號焉。閒靜少言，不

慕榮利。好讀書^{hào} ，**不求甚解**；每有

會意，便欣然忘食。性嗜酒^{shì} ，家貧不

能常得。親舊知其如此，或置酒而招之；造

飲輒盡^{zhé}，期在必醉。既醉而退，曾不吝情去^{lìn}

留。環堵**蕭然**，不蔽風日；短褐穿結^{hè}，簞瓢^{dān}

屢空，**晏如**也^{yàn}。常著文章自娛 ，頗示

己志。忘懷得失，以此自終。

不求甚解：這裏指讀書只求領會要旨，不在一字一句的解釋上過分探究。

蕭然：空寂的樣子。　**晏如**：安然自若的樣子。

　　（有位）先生不知道是哪裏的人，也不清楚他的姓名，（他的）住宅旁邊種着五棵柳樹，因此就以此為號。（他）安安靜靜，很少説話，也不羨慕榮華利祿。（他）喜歡讀書，（但）不在一字一句的解釋上過分探究；每當對書中的內容有所領會的時候，就會高興得連飯也忘了吃。（他）生性喜愛喝酒，（因為）家裏貧窮常常不能得到滿足。親戚朋友知道他的這種境況，有時會備酒來招待他；他去喝酒就喝個盡興，希望一定喝醉。喝醉了就回家，從來不會在意去留。簡陋的居室裏空空蕩蕩，遮擋不住風雨和烈日；粗布短衣上打滿了補丁，盛飯的器皿和飲水的水瓢裏經常是空的，（可是他）還是安然自得。（他）常寫文章來自娛自樂，也稍微透露出自己的志趣。（他）能忘掉得失，只願這樣過完自己的一生。

日益精進

葛巾漉酒

　　陶淵明好酒，以至用頭巾濾酒，濾後又照舊戴上。後來葛巾漉酒引申為讚美人真率。

2　贊曰：黔婁之妻有言：「不**慼慼**於貧賤

，不**汲汲**於富貴。」其言茲若

人之**儔**乎？**銜觴賦詩**，以樂其志，無懷氏

之民歟？葛天氏之民歟？

慼慼：憂愁的樣子。　　**汲汲**：極力營求的樣子、心情急切的樣子。　　**儔**：輩，同類。
銜觴賦詩：一邊喝酒一邊作詩。

2 　　贊語說：黔婁的妻子曾經說過：「不為貧賤而憂心忡忡，不為富貴而奔走鑽營。」這話大概說的就是五柳先生這一類的人吧？一邊喝酒一邊作詩，為自己的志向而感到快樂。不知道他是無懷氏時代的人呢？還是葛天氏時代的人呢？

日益精進

黔婁

　　戰國時期齊稷下先生，齊國有名的隱士和著名的道家學，無意仕進，屢次辭去諸侯聘請。他死後，曾子前去弔喪，黔婁的妻子稱讚黔婁：「甘天下之淡味，安天下之卑位，不感感於貧賤，不汲汲於富貴。求仁而得仁，求義而得義。」

普通話朗讀

三峽

酈道元

姓名	酈道元
別稱	字善長
出生地	范陽涿縣（今河北省涿州市）
生卒年	？—公元 527 年

南北朝

政務能力 👍👍👍👍👍

執法嚴峻　辦學興教　安邊平叛

學術成就 👍👍👍👍👍

地理學家　著有《水經注》　世界地理學先導

文學造詣 👍👍👍👍👍

《水經注》　開創山水遊記先河

《水經注》在手，說走就走～～～

兼職旅遊博主

酈道元

溯水而上，行者無疆

酈道元，這個名字，因很少被提及而顯得陌生。若非《三峽》，我們幾乎忘了，中國古代還有這麼一位厲害的地理學家，堪稱世界地理學的先導。

他自幼便隨父親四處遊歷山川，少年長成憑父蔭入仕。他性格剛毅，為官嚴苛，強硬做派終落得一個「酷吏」的名聲和身死叛臣之手的下場。他為官幾十年，沉沉浮浮，幸好還有一個愛好與心願一直陪伴着他，那就是為《水經》注疏。

他是北魏行者，足跡踏遍千山萬水，每到一處便悉心勘察水流地勢、河道淵源，以水為綱，終於寫成皇皇巨著《水經注》。自此，中國古代地理科學有了痕跡，後世遊記散文有了源頭。千年以來，酈道元這個名字的前綴不是名臣、不是酷吏，而是地理學家，這樣的人生錯位，或許他自己都沒有想到吧。

三 峽

❶ 自三峽七百里中，兩岸連山，略無

闕（quē）處。重巖疊嶂（zhàng），隱天蔽日，**自非**

亭午夜分，不見曦（xī）月。

❷ 至於夏水**襄**（xiāng）**陵**，沿**溯**（sù）

阻絕。或王命急宣，有時朝發白帝，

暮到江陵，其間千二百里，雖乘奔御

風，**不以疾也**。

闕：空缺，這個意義漢代以後寫作「缺」。　　**自非**：如果不是。　　**亭午夜分**：正午和半夜。
襄陵：水漫上山陵。襄，上漲。陵，山陵。　　**沿溯**：順流而下，逆流而上。
不以：不如。以通「似」，動詞，像。

❶　在三峽七百里之間，兩岸都是連綿的高山，完全沒有中斷的地方。山嶺重疊，遮擋了天空和太陽，如果不是正午和半夜，(根本) 看不到太陽和月亮。

❷　等到夏天的江水漫上山陵的時候，上行和下行的航道都被阻斷，不能通航。倘若皇帝下令緊急宣召，有時早晨從白帝城出發，傍晚就到了江陵，這中間有一千二百里，即使騎上飛奔的快馬，駕馭長風，也不如船快。

日益精進

《早發白帝城》

　　李白的《早發白帝城》：「朝辭白帝彩雲間，千里江陵一日還。兩岸猿聲啼不住，輕舟已過萬重山。」其創作靈感便來自酈道元《水經注》中的這篇描寫三峽的文章。

3
春冬之時，則**素湍**綠潭，回清倒影，**絕**
巘多生怪柏 ，懸泉瀑布 ，**飛**
漱其間，**清榮峻茂**，良多趣味。

4
每至晴初 霜旦，林寒澗肅，
常有高猿長嘯 ，**屬引** 凄異，
空谷傳響，哀**轉**久絕。故漁者歌曰：「巴東
三峽巫峽長，猿鳴三聲泪沾 裳 。」

素湍：激起白色浪花的急流。　**絕巘**：極高的山峯。巘，高峯。　**飛漱**：飛流沖蕩。漱，沖蕩。
清榮峻茂：水清，樹榮（茂盛），山高，草盛。　**屬引**：連續不斷。屬，動詞，連接。引，延長。
轉：婉轉。

3 春冬季節，就可以看見白色的急流，碧綠的潭水，迴旋着清波，倒映出（山石林木的）影子。極高的山峯上生長着許多奇形怪狀的柏樹，懸泉和瀑布飛流沖蕩。水清，樹榮，山高，草盛，非常有趣味。

4 （秋日）每逢天剛放晴時或下霜的早晨，樹林和山澗顯得清涼寂靜，常有高處的猿猴拉長聲音鳴叫，（聲音）持續不斷，非常淒涼，空蕩的山谷裏傳着回聲，悲哀婉轉，很久才消失。所以漁民唱道：「巴東三峽巫峽長，猿鳴三聲淚沾裳。」

日益精進

三峽

三峽在長江上游，是重慶、湖北兩個省級行政單位間的瞿塘峽、巫峽和西陵峽的合稱。西起重慶市奉節縣白帝城，東至湖北宜昌市南津關，全長實際只有 193 千米。

普通話朗讀

與朱元思書

吳均

姓名	吳均
別稱	字叔庠（xiáng）
出生地	吳興故鄣
	（今浙江省安吉縣）
生卒年	公元 469—520 年

文學造詣 👍👍👍👍👍

文學家　開創「吳均體」　著志怪小說集《續齊諧記》

史學成就 👍👍👍👍👍

史學家　著《齊春秋》三十卷　注《後漢書》九十卷等

生命指數 👍👍👍

52 歲

富春江畔，千年一歎

　　出桐廬城，溯江而上，過大峽谷，青山撲面，滿目葱蘢，這便是富春山深處。

　　南朝梁武帝年間，文史家吳均慘遭貶謫，心灰意冷之時，卻被這妙境點化。他展開書信，將奇山秀水間的聲色光影併入筆下，遙寄好友，告訴他：這裏很好，他也很好，他想留在這兒，哪兒也不想去。

　　富春江水，流過淺灘、流經高峯，流到八百年後，又一名士來此，文筆換畫筆，濃淡相宜，疏密有致。這人是黃公望，元代繪畫首冠；這畫是《富春山居圖》，流離輾轉，如千年江水，留後人一歎……

❶ 風煙俱淨，天山共色。從流飄蕩 ，

任意東西。自富陽至桐廬 一百許里，

奇山異水，天下獨絕 **NO.1**。

❷ 水皆 **縹碧**，千丈見底。游魚細石
^{piǎo}

，直視無礙。急湍 **甚箭** ，猛浪若 **奔**
^{tuān}

。

任意東西：任憑船按照自己的意願，時而向東漂流，時而向西漂流。東西，方向，在此作動詞。

許：表示大約的數量，上下，左右。　**縹碧**：青白色，淡青色。

甚箭：「甚於箭」，比箭還快。甚，勝過，超過。　**奔**：動詞活用作名詞，文中指飛奔的駿馬。

❶　風和煙霧都沒了，天和山是一樣的顏色。（乘船）隨着江流漂蕩，任憑船按照自己的意願，時而向東漂流，時而向西漂流。從富陽到桐廬一百里左右，奇異的山水，天下獨一無二。

❷　富春江的水都是青白色的，水深千丈卻依然清澈見底。游動的魚和細小的石頭，直視可見，毫無障礙。湍急的水流比箭還快，兇猛的巨浪就像奔騰的駿馬。

日益精進

《富春山居圖》

元代畫家黃公望創作的紙本水墨畫，是中國十大傳世名畫之一。《富春山居圖》以浙江桐廬和富陽境內的富春江為背景，黃公望前後花了七年時間流連於富春江兩岸，觀察煙雲變幻之奇，領略江山釣灘之勝，並隨身帶紙筆，遇到好景，隨時寫生，終成千古名畫。

3 夾岸高山，皆生寒樹，**負勢競上**，互

相**軒邈**（miǎo），爭高直指，千百成峯。泉水激

石，泠泠作響（líng）；好鳥相鳴，嚶嚶成韻（yīng）

。蟬則千**轉**不窮，猿則百叫無

絕。**鳶飛戾天**者（yuān）（lì），望峯息心；**經綸**世（lún）

務者，窺谷忘反。橫**柯**上蔽（kē），在晝猶

昏；疏條交映，有時見日。

負勢競上：（山巒）憑藉高峻的地勢，爭着向上。負，憑藉。

軒邈：軒，高，這裏指向高處伸展。邈，遙遠，這裏指向遠處伸展。

轉：通「囀」，這裏指蟬鳴。

鳶飛戾天：像老鷹那樣極力高飛到天，這裏比喻追求高位。戾，至。

經綸：籌劃、治理。　**柯**：樹木的枝幹。

（在江）兩岸的高山上，都生長着耐寒的樹，（山巒）憑藉高峻的地勢往高處和遠處伸展，爭着高聳，直插雲天，形成千百座山峯。泉水拍打在山石上，發出泠泠的響聲；美麗的鳥相和而鳴，鳴聲嚶嚶，和諧動聽。蟬兒長久不斷地鳴叫，猿猴千百遍地啼叫不絕。像老鷹那樣極力高飛逐利的人，看到這些雄奇的山峯，追逐名利的心就會平靜下來；忙於治理社會事務的人，看到這些幽美的山谷，就會流連忘返。橫斜的樹枝在上面遮蔽着，即使在白天，也好像黃昏時那樣陰暗；稀疏的枝條互相掩映，有時可以見到陽光。

日益精進

朱元思

朱元思，字玉山，生平不詳，是吳均的朋友。《與朱元思書》是吳均寫給好友朱元思的信中的一個片段，被視為駢文中寫景的精品。

普通話朗讀

答謝中書書

陶弘景

姓名	陶弘景
別稱	華陽隱居、山中宰相
出生地	丹陽秣陵
	（今江蘇省南京市）
生卒年	公元 456—536 年

南北朝

思想造詣 👍👍👍👍👍

道教代表人物　著有《真靈位業圖》等

才藝指數 👍👍👍👍👍

精通天文地理、曆算經學、兵學醫藥、文藝書法
代表作《答謝中書書》《古今刀劍錄》《本草經集注》

生命指數 👍👍👍👍👍

81 歲

此處美景，非誠勿擾

南朝隱士陶弘景，是個斜杠人士。

他是養生達人，修道煉丹，活了八十一歲；他是山中宰相，一面出謀劃策，一面又超然紅塵；他是玩轉硝酸鉀的化工男，也是鑄就利劍的手工客；他是上山採藥的老中醫，更是下山吟詩的旅行家；他還是個被忽略的攝影師，《答謝中書書》視聽之美，可入影史經典。

高峯清流，鏡頭俯仰調度；鳥兒唧啾，音樂極致混響；晨霧光暈，瀰漫了印象派的柔和與慵懶；猿鳴魚躍，撕成一道線條，清晰、凌厲，宕開寫實一筆。

如此美景，怎能捨棄！仰天長嘯，回覆友人：非誠，勿擾。

山川之美，古來共談。高峯入雲 ，

清流見底 。兩岸石壁，五色交輝。青

林翠竹，四時俱備。曉霧將**歇**，猿鳥**亂**鳴

；夕日欲頹 ，沉鱗競躍

。實是慾界之仙都。自康樂以來，

未復有能與其奇者。

歇：消散。　**亂**：任意　**頹**：墜落。

山川景色的美麗，自古以來（文人雅士就）共同稱讚。高高的山峯聳入雲端，清澈的溪流（可以）見底。兩岸的石壁色彩斑斕，交相輝映。蒼青的密林和碧綠的竹子，四季常存。清晨的薄霧將要消散的時候，猿和鳥（都）自由自在地鳴叫；夕陽快要落山的時候，潛游在水中的魚兒爭相跳出水面。（這裏）實在是人間的仙境啊。自從南朝的謝靈運以來，就再也沒有人能夠欣賞這種奇麗的景色了。

日益精進

康樂

　　南朝著名山水詩人謝靈運。晉安帝元興二年（公元 403 年），謝靈運繼承了祖父的爵位，被封為康樂公。他是南朝文學家，是第一位全力創作山水詩的詩人。山水詩在晉宋勃然而興，其功首推謝靈運。

普通話朗讀

陋室銘

劉禹錫

姓名	劉禹錫
別稱	字夢得，世稱詩豪
出生地	河南省洛陽市
生卒年	公元 772—842 年

政務能力 👍👍👍👍👍

進士及第　監察御史　「永貞革新」

文學造詣 👍👍👍👍👍

《陋室銘》《竹枝詞》《楊柳枝詞》《烏衣巷》

社會關係 👍👍👍👍👍

與柳宗元並稱「劉柳」　與白居易合稱「劉白」
與韋應物、白居易合稱「三傑」

生命指數 👍👍👍👍

71 歲

他的房間，空無一物，他的靈魂盛大豐盈

他一生被貶，卻一生用鬥士的靈魂迎接苦難。

二十二歲進士及第，二十九歲入仕，三十四歲革新失敗，從此人生對折，二十餘載客居淒涼之地，半生風光，半生飄零。

世人喜看英雄末路，但他偏是個豪氣的「刺兒頭」：被貶，寫；大赦，再寫；再被貶，還寫。他是唐代的《老人與海》裏的老人，可以被消滅，但絕不能被打敗。命運越殘酷，他笑得越張狂，他的笑裏藏着八個字：心懷高遠，永不妥協。

當年知縣故意刁難，只給他一間僅能容身的小屋，他寫下《陋室銘》：一桌、一牀、一椅。在陋室中，他找到寬慰，找到自我，找到繼續堅強的理由。他看透了這個世界，卻依然愛它。

生命不息，戰鬥不止，倔強的老頭兒出走半生，歸來仍是少年。

山  不在高，有仙 則名。水

不在深，有龍則靈。斯是陋室，惟吾德馨。

苔痕上階綠，草色入簾青。談笑有 **鴻儒**

，往來無 **白丁**。可以調素琴，閱

 金經。無 **絲竹** 之亂耳 ，無 **案牘**

 之勞形。南陽諸葛廬，西蜀子雲亭。

孔子云：何陋 之有？

馨：散佈到遠處的芳香，這裏指品德高尚。　鴻儒：博學的人。鴻，大；儒，學者。
白丁：平民，指沒有功名的人。　絲竹：泛指樂器，這裏指樂器發出的聲音。
案牘：公文、文書。

山不在於高，有了神仙就使它聞名了。水不在於深，有了龍就使它神異了。這雖是一間簡陋的房子，但因為我道德高尚，從而使房子也變得芬芳了。苔痕蔓延上了台階，使台階都綠了；草色映入簾子，使室內都青了。到這裏談笑的都是博學之人，（我）交往的沒有無功名的人。可以彈彈古琴，讀讀佛經。沒有嘈雜的樂聲打擾，沒有官府的公文勞心。南陽有諸葛亮的茅廬，西蜀有揚子雲的住宅。孔子說：（君子住在裏面，）怎麼能說簡陋呢？

日益精進

銘
　　古代刻在金石上的押韻文體，多用來警誡自己或歌功頌德。

子雲
　　揚雄，字子雲，漢朝時期的辭賦家、思想家，蜀郡（今四川省成都市）人。

普通話朗讀

小石潭記

柳宗元

姓名	柳宗元
別稱	字子厚，世稱柳河東、河東先生、柳柳州
出生地	長安（今陝西省西安市）
生卒年	公元 773—819 年

政務能力 👍👍👍👍👍

永貞革新　解放奴婢　興辦教育　開荒拓耕

文學造詣 👍👍👍👍👍

「唐宋八大家」之一　確立山水遊記體裁地位

思想貢獻 👍👍👍👍👍

與韓愈共同倡導「古文運動」　古代唯物主義思想家

生命指數 👍👍👍

47 歲

談天說地，終是對話自己

這是我的印象派

　　天才少年柳宗元，二十一歲中進士，三十三歲革新失敗，活到四十七歲，講了一輩子箴言。

　　他與韓愈對話，搞文藝復興，讓人說「人」話；他與劉禹錫對話，雪中送炭，託孤獻子，是為千古佳話。

　　他與動物對話，驢子道盡無辜，小蟲吐露貪婪；他與小人物對話，聽捕蛇之人訴苦，向種樹之人借智，啟生靈之口，道肺腑之言。

　　他與山水對話，寒江獨釣，八景孤泣，為幾隻游魚痴笑，和一條小溪比愚，半是狷（juàn）狂，半是實話。

　　千言萬語，說到底，終是與自己對話。永州慘淡，但心樂之；柳州興政，找回曾經的自己。命途多舛，但脊樑不彎，只求做一生好人，講一世真話。

① 從小丘西行百二十步，隔 篁 竹，聞

水聲，如鳴珮環 ，心樂之。伐竹取道，

下見小潭  ，水尤清冽。全石以

為底，近岸，卷石底以出，為坻，為嶼，為

嵁，為巖。青樹 翠蔓 ，蒙絡

搖綴，參差披拂。

鳴：使⋯⋯發出聲音。　樂：以⋯⋯為樂，對⋯⋯感到快樂（意動用法）。

取：這裏指開闢。　坻：水中高地。　嵁：不平的岩石。

蒙絡搖綴，參差披拂：蒙蓋纏繞，搖曳牽連，參差不齊，隨風飄拂。

❶　　從小丘向西走一百二十多步，隔着竹林，可以聽到水聲，就像珮環相碰撞發出的聲音，心裏為此高興。砍倒竹子，開闢出一條道路（走過去），沿路走下去看見一個小潭，潭水格外清涼。（小潭）以整塊石頭為底，靠近岸邊，石底有些部分翻卷出水面，成為水中高地、小島、不平的巖石和石巖等。青翠的樹木，翠綠的藤蔓，蒙蓋纏繞，搖曳牽連，參差不齊，隨風飄拂。

(日)(益)(精)(進)

「永州八記」

　　柳宗元於唐順宗永貞元年，因擁護王叔文改革，被貶為永州司馬。政治上的失意，使他寄情於水山，借寫山水遊記書寫胸中的憤鬱。其間共寫了八篇山水遊記，後稱「永州八記」，包括《始得西山宴遊記》、《鈷鉧潭記》、《鈷鉧潭西小丘記》、《至小丘西小石潭記》、《袁家渴記》、《石渠記》、《石澗記》、《小石城山記》。

99

❷　　潭中魚 可百許頭，皆若空游無所

依，日光下**澈**，影佈石上。**佁然**不動，**俶爾**

遠逝，往來**翕忽**^{xī}，似與遊者相樂。

❸　　潭西南而望，**斗折蛇行** ，明

滅可見。其岸勢犬牙**差互**^{cī} ，不可知

其源。

澈：穿透，一作「徹」。　**佁然**：靜止的樣子。　**俶爾**：忽然。　**翕忽**：輕快敏捷的樣子。
斗折蛇行：(溪水) 像北斗七星一樣曲折。　**差互**：參差交錯。

②

　　潭中的魚有一百來條，都好像在空中游動，甚麼依靠都沒有。陽光直照（到水底），（魚的）影子映在石上，靜止不動，忽然間（又）向遠處游去了，來來往往，輕快敏捷，好像和遊玩的人互相取樂。

③

　　向小石潭的西南方望去，看到（溪水）像北斗七星一樣曲折，像蛇一樣蜿蜒前行，時隱時現。兩岸的地勢像狗牙一樣參差交錯，不知溪水源頭在哪。

日益精進

「唐宋八大家」

　　又稱「唐宋散文八大家」，是中國唐代柳宗元、韓愈和宋代歐陽修、蘇洵、蘇軾、蘇轍、王安石、曾鞏八位散文家的合稱。其中韓愈和柳宗元是「古文運動」的倡導者，他們先後掀起的古文革新浪潮，使詩文發展的陳舊面貌煥然一新。

❹ 坐潭上，四面竹樹環合，寂寥無人，淒

神寒骨 _{qiǎo chuàng} _{suì}，悄 愴 幽邃。以其境過清，

不可久居，乃記之而去。

❺ 同遊者：吳武陵，龔古，余弟宗玄。隸

而從者，崔氏二小生，曰恕己，曰奉壹。

淒、寒：使動用法，使⋯⋯感到淒涼，使⋯⋯感到寒冷。

悄愴：憂傷。

④

　　坐在潭邊，四面竹林和樹木環繞合抱，寂靜寥落，空無一人，使人感到心情淒涼，寒氣入骨，幽靜深遠，瀰漫着憂傷的氣息。因為這裏的環境太過淒清，不可長久停留，於是記下了這景色就離開了。

⑤

　　一起去遊玩的人有吳武陵、龔古、我的弟弟宗玄。跟着同去的有兩個姓崔的年輕人，一個叫恕己，一個叫奉壹。

(日)(益)(精)(進)

「永貞革新」

　　永貞年間，官僚士大夫以打擊宦官勢力、革除政治積弊為主要目的的改革，主張加強中央集權，反對藩鎮割據，反對宦官專權，持續時間 100 多天。最後改革因為俱文珍等人發動政變，幽禁唐順宗，擁立太子李純，而以失敗告終。

普通話朗讀

馬説

韓愈

姓名	韓愈
別稱	字退之，自稱郡望昌黎，世稱韓昌黎、昌黎先生
出生地	河南河陽（今河南省孟州市）
生卒年	公元 768—824 年

唐朝

文學造詣 👍👍👍👍👍

「唐宋八大家」之首　「百代文宗」
著有《韓昌黎集》　詩歌亦有特色

思想貢獻 👍👍👍👍👍

倡導「古文運動」　復興儒學

教學能力 👍👍👍👍👍

國子監任博士　親授學業　桃李滿天下

生命指數 👍👍👍

57 歲

尋找聰明人

尋不到伯樂的千里馬

韓愈位列「唐宋八大家」之首，他是「古文運動」的倡導者。

蘇軾曾對他評價極高：「文起八代之衰，而道濟天下之溺。忠犯人主之怒，而勇奪三軍之帥。」在蘇軾心中，韓愈不僅僅是一代文宗，開啟古文新時代，而且是大思想家，重振儒學正道；他不僅僅是一個忠誠、敢於直言犯上的文臣，還是在國家臨危之際出謀劃策的能臣。

然而，就是這樣的韓愈，一生坎坷，命途多舛（chuǎn）。他考了三次進士才考中，朝廷也沒有任用他，窮苦潦倒的韓愈無奈三次上書宰相自薦，結果等了四十天，終究也沒有回音……快到而立之年卻依然鬱鬱不得志，他寫下《雜說》第四篇，以馬為喻，表達一匹尋不到伯樂的千里馬懷才不遇的苦悶。「馬說」這個標題為後人所加。

❶　　世有伯樂，然後有千里馬。千里馬常

有，而伯樂不常有。故雖有名馬，<ruby>祇<rt>zhǐ</rt></ruby>辱於奴

隸<ruby>人<rt>pián</rt></ruby>之手，駢死於<ruby>槽櫪<rt>cáo lì</rt></ruby>　　　　之

間，不以千里 <ruby>稱<rt>chēng</rt></ruby> 也。

祇：只。　辱：屈辱。　奴隸人：古代也指僕役，這裏指餵馬的人。

駢死：一同死。駢，兩馬並駕，引申為並列。　槽櫪：喂牲口用的食器。

❶ 　　世上先有伯樂，然後有千里馬。千里馬經常有，但是伯樂不常有。所以，即使是匹名貴的馬，但如果辱沒在僕役的手中，跟普通的馬一同死在馬槽子之間，也一樣不能以千里馬著稱。

⬡日益精進

「韓柳古文運動」

　　這一運動發生在中唐，韓愈是倡導者，柳宗元是積極的支持者，其宗旨是要恢復先秦兩漢的文章傳統，一反六朝以來辭藻華麗的駢文的僵化程式，重新創立一種清新自由的文體。

❷ 馬之千里者，**一食**或盡**粟**一石。

食馬者不知其能千里而**食**也。是馬也，雖有

千里之能，食不飽，力不足，才美不**外見**，

且欲與常馬等不可得，安求其能千里也？

一食：吃一次。食，吃東西。　粟：本指小米，也泛指糧食。

石：容量單位，十斗為一石，一石約等於一百二十斤。

食（sì）：餵養動物，這個意義後來寫作「飼」。

外見：表現在外面。見，「現」的古字，表現、顯現。

②

　　馬當中能日行千里的，吃一次有時能吃完一石糧食。餵馬的人不知道牠能日行千里而（按普通馬的食量）餵養牠。這樣的馬，雖然有日行千里的能力，但吃不飽，力氣不足，能力特點不能表現出來。（即使）想要（牠）和普通的馬一樣尚且做不到，又怎麼能夠要求牠日行千里呢？

日益精進

同年

　　科舉時代稱同榜或同一年考中者為同年。韓愈考中進士的這一年，主考官是文章大家陸贄，副考官是古文大家梁肅，因此此屆的進士水準相當高，都是當時文章知名、人品傑出的名士，這一榜當時被人們稱為「龍虎榜」。

3 策 之不以其道，食^{sì}之不能**盡其**

材，鳴 之而不能通其意，執策而臨

之，曰：「天下無馬！」嗚呼！**其**真無馬邪^{yé}？

其真不知馬也！

策：本義為馬鞭，引申為鞭打。

盡其材：竭盡牠的才能。這裏指喂飽馬，使牠日行千里的能力充分發揮出來。

其：第一個「其」，意為「難道」，表反問語氣；第二個「其」，意為「大概」，表推測語氣。

3 鞭打牠不用鞭打千里馬的方法，餵養千里馬不能喂飽牠而竭盡牠的才能，聽千里馬嘶鳴而不能通曉牠的意思，拿着鞭子面對牠，說：「天下沒有千里馬！」唉！難道真的沒有千里馬嗎？大概是真的不認識千里馬吧！

日益精進

「韓歐」淵源

　　「韓柳」的「古文運動」發生於中唐，但駢文在晚唐仍流行。五代至宋初，浮靡柔麗的文風仍很有勢力。至歐陽修時，宋代的「古文運動」才掀起了高潮，但他不再高談先秦兩漢而是直接取法韓愈，在此之前，韓愈的文集被湮沒了兩百年。可以說，韓愈是歐陽修的文學偶像。

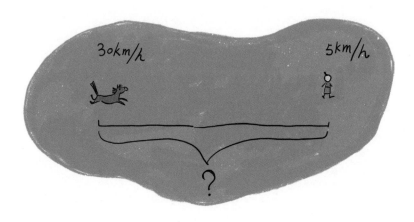

普通話朗讀

14

愛蓮說

周敦頤

姓名	周敦頤
別稱	字茂叔，號濂溪，世稱濂溪先生
出生地	道州（今湖南省永州市）
生卒年	公元 1017—1073 年

宋朝

學術成就 👍👍👍👍👍

儒家理學思想鼻祖
著《太極圖說》《通書》等哲學著作

政務能力 👍👍👍👍👍

辦案公允　明察秋毫　興教辦學　桃李滿天下

文學造詣 👍👍👍👍👍

代表作《愛蓮說》名垂千古

生命指數 👍👍👍

57 歲

我想開了

從前慢，
一生只愛
一朵花

這世上有一位神探，因為愛上哲學和蓮花而成了周敦頤。

他官階並不顯達，曾做過主簿、縣令、州判官、知州軍等主要地方官吏，然而，所到之處，皆有實績。多年懸案在他手中得以昭雪，罪不至死的囚徒因他的公允裁決而保住了性命⋯⋯

讓他顯達的是他的思想，他是中國儒家理學思想的開山鼻祖，是北宋理學大師程顥（hào）、程頤兄弟二人的老師。

擇一業而終一世，愛一花而信一生。周敦頤獨愛高潔、孤傲的蓮。他一生勤政為民，為官清廉，唯一為自己做的事，也許就是修了一座愛蓮池。那一年，他四十七歲，任虔州通判。每當茶餘飯後，他或獨身一人，或邀三五好友，於池畔賞花品茗，並寫下了這篇千古絕唱《愛蓮說》。《愛蓮說》雖短，但字字珠璣，這是他一生踐行的為官之德，也是溶於他骨血的人格魅力。

1 水陸草木之花，**可愛**者**甚蕃** （fán）。晉陶淵明獨愛菊 。自李唐來，世人甚愛牡丹 。予獨愛蓮之出淤（yú）泥而不染，**濯**（zhuó）清漣（lián）而不妖 ，**中通**外直，**不蔓**（màn）**不枝**，香遠益清，亭亭淨植，可遠觀而不可**褻玩**焉。

可愛：值得憐愛。　　**甚蕃**：很多。　　**濯**：洗滌。　　**中通**：等於說「內空」。

不蔓不枝：不橫生藤蔓，不旁生枝莖。蔓，動詞，蔓延；枝，動詞，歧，旁出。

褻玩：靠近賞玩。褻，親近而不莊重。

① 　　水上、陸地上各種草本木本的花，值得喜愛的有很多。晉代的陶淵明只喜愛菊花。從唐朝以來，世上的人很喜愛牡丹。而我唯獨喜愛蓮花，因為它從淤泥中生長出來，卻不被污染；經過清水洗滌，卻不顯得豔麗。它的莖內空外直，不橫生藤蔓，不旁生枝莖，香氣傳播得越遠就越清芬。它筆直潔淨地立在水中，人們只能遠遠地觀賞，卻不能靠近去玩弄它。

日益精進

説

　　古代的一種議論文體。《愛蓮説》為「論愛蓮」的意思。

屈原最愛的花

　　蘭花，屈原親手在家「滋蘭九畹，樹蕙百畝」，讚蘭花「幽而有芳」。

歐陽修最愛的花

　　牡丹花，歐陽修遍歷洛陽城中十九個花園，寫有《洛陽牡丹記》。

蘇東坡最愛的花

　　芍藥花，曾讚「揚州芍藥為天下之冠」。

楊萬里最愛的花

　　紫薇，曾詠出「誰道花無百日紅，紫薇長放半年花」，道出紫薇優於百花的特色。

❷　予謂菊，花之隱逸者也；牡丹，花之富貴者也；蓮，花之君子者也。！菊之愛，陶後鮮有聞。蓮之愛，同予者何人？牡丹之愛，**宜乎眾矣**！

xiǎn（鮮）

噫：感歎詞，相當於「唉」。　鮮：少。　宜乎眾矣：應當有很多人吧。宜，應當。

❷　　我認為菊花，是花中的隱士；牡丹，是花中的富貴者；蓮花，是花中品德高尚的君子。唉！對於菊花的喜愛，陶淵明以後就很少聽到了。對於蓮花的喜愛，像我一樣的還有甚麼人呢？對於牡丹的喜愛，應當有很多人吧。

日益精進

濂溪書院

　　公元 1072 年，56 歲的周敦頤由於年邁體弱辭官而去，在廬山西北麓築堂定居，創辦了濂溪書院，設堂講學。他將書院門前的溪水命名「濂溪」，並自號「濂溪先生」。

普通話朗讀

醉翁亭記

歐陽修

姓名	歐陽修
別稱	字永叔，號醉翁，晚號六一居士
出生地	綿州（今四川省綿陽市）
生卒年	公元 1007—1072 年

政務能力 👍👍👍👍👍

大膽諫言　　主持考試　　選拔人才

文學造詣 👍👍👍👍👍

唐宋八大家之一　　千古文章四大家之一
宋代散文奠基人

生命指數 👍👍👍

66 歲

笑對人生
一醉翁

七月仲夏，豔陽高照。買不起紙筆，四歲的歐陽修用荻（dí）草的根莖在沙地上學習寫字，一筆一畫，寫出了父親去世後母親的所有希望。十歲能作詩，二十三歲中進士，他靠努力，逆襲成了「別人家的孩子」。

初登政治舞台，他躊躇滿志，可現實殘酷。彈劾宰相，得罪人；支持好友范仲淹改革，被貶；參與「慶曆新政」，失敗，再被貶。這一年，他三十九歲，在滁州，他寫下千古名篇《醉翁亭記》，寄情山水，與民同樂。

再次回京，他華麗轉身為翰林學士，主持進士考試，錄取了名震後世的蘇軾、蘇轍、曾鞏。

歐陽修用一生告訴我們，未來無需設限，一切皆有可能。

❶ 環**滁**皆山也。其西南諸峯，林壑尤美，

望之蔚然而深秀者，琅琊也。山行六七里，

漸聞水聲潺潺，而瀉出於兩峯之間者，釀

泉也。峯迴路轉，有亭**翼然**臨於泉上者，醉

翁亭也。作亭者誰？山之僧**智仙**也。名之者

誰？太守自謂也。太守與客來飲於此，飲少

輒醉，而年又最高，故自號曰醉翁也。

醉翁之意不在酒，在乎山水之間也。山水之

樂，得之心而**寓**之酒也。

滁：滁州，今安徽省滁州市。　翼然：像鳥張開翅膀一樣。
智仙：琅琊山琅琊寺（一名開化寺）的和尚。　寓：寄託。

1 　　環繞滁州的都是山。它西南的幾座山峯，樹林和山谷格外優美，一眼望去，樹木茂盛又幽深秀麗的是琅琊山。沿着山路走六七里，漸漸聽到潺潺的水聲，從兩座山峯之間傾瀉而出的是釀泉。山勢迂迴，道路曲折，有一座亭子像飛鳥展翅似的飛架在泉上，那就是醉翁亭。建造亭子的是誰？是山上的和尚智仙。給它取名的是誰？是太守用自己的別號來命名的。太守與賓客們來這兒飲酒，只喝一點兒就醉了，而且年紀又最大，所以自號「醉翁」。醉翁的情趣不在於喝酒，而在欣賞山水美景。欣賞山水的樂趣，領會在心裏，寄託在酒上。

日益精進

醉翁亭

　　位於安徽省滁州市西南琅琊山麓，始建於北宋慶曆七年（1047 年），由「唐宋八大家」之一歐陽修命名。亭中新塑歐陽修立像，佈局嚴謹小巧，曲折幽深，富有詩情畫意，別具江南園林特色。

❷ 若夫日出而林霏 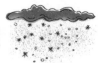 開，雲歸而巖

穴**暝**，**晦**明變化者，山間之朝暮也。野芳發

而幽香，佳木秀而繁蔭，風霜高潔，水落而

石出者，山間之四時  也。

朝而往，暮而歸，四時之景不同，而樂亦無

窮也。

若夫：至於説到。　**林霏**：樹林中的霧氣。霏，瀰漫的雲氣。　**暝**：昏暗。　**晦**：昏暗。

2

　　至於說太陽出來而山林裏的霧氣散開，雲霧聚攏，山谷就顯得昏暗，這種明暗的變化，就是山中的清晨與傍晚（之景）。野花盛開，幽香四溢，好的樹木枝葉繁茂，形成濃密的綠蔭；天高氣爽，霜色潔白，水落石出，這就是山中的四季。清晨前往，傍晚歸來，四季的景色不同，樂趣也是無窮無盡的。

日益精進

太守

　　古代的官名，是秦朝至漢朝時期對郡守的尊稱。漢景帝更名為太守，為一郡的最高行政長官，職責為治民、進賢、決訟、檢奸等。至隋初廢州存郡，州刺史代太守。明清時專以稱知府。

3 至於負者歌於途，行者休於樹，前者

呼，後者應，**傴僂提攜** ，往來而不絕

者，滁人遊也。臨溪而漁，溪深而魚肥，

釀泉為酒，泉香而酒**冽**，山肴**野蔌**，雜然

而前陳者，太守宴也。宴酣之樂，非絲非

竹，射者中，弈 者勝，**觥** **籌交錯**

，起坐而喧嘩者，眾賓歡也。蒼顏白

髮，頹然乎其間者，太守醉 也。

傴僂：腰彎背曲，這裏指老年人。　**提攜**：牽扶，這裏指被牽扶的人，即兒童。

冽：水（酒）清。　**野蔌**：野菜。

觥籌交錯：酒杯和酒籌交互錯雜。觥，用獸角做的一種酒器。籌，酒籌，用來行酒令或飲酒計數的籤子。

③

　　至於揹着東西的人在路上唱歌，行路的人在樹下休息，前後的人彼此呼喚應答，老老少少的行人，來往不斷的情景，是滁州的百姓來這裏遊玩。到溪邊釣魚，溪水深而且魚肉肥美。用泉水造酒，泉水甘甜而酒味清醇；山珍和野菜，錯雜地擺在面前，這是太守在宴請賓客。宴中歡飲的樂趣，不在於琴弦管簫，投壺的投中了，下棋的得勝了，酒杯和酒籌交互錯雜，站起來坐下去大聲喧鬧的景象，是賓客們的歡樂。那位蒼顏白髮，倒臥在眾人中間的，是太守喝醉了。

日益精進

觥籌

　　指酒杯和酒籌。宋朝晏殊的《浣溪沙》詞：「閬苑瑤台風露秋，整鬟凝思捧觥籌。」宋朝楊萬里的《次日醉歸》詩：「我非不能飲，老病怯觥籌。」《紅樓夢》第七十六回：「湘雲只得又聯道：『觥籌亂綺園。』」

4 已而夕陽在山，人影散亂，太守歸而賓客從也。樹林陰翳^{yì}，鳴聲上下，遊人去而禽鳥樂也。然而禽鳥知山林之樂，而不知人之樂；人知從太守遊而樂，而不知太守之樂其樂也。醉 能同其樂，醒能述以文 者，太守也。太守謂誰？**盧陵**歐陽修也。

陰翳：形容枝葉茂密成蔭。

盧陵：盧陵郡，就是吉州 (今江西省吉安市)，歐陽修先世為盧陵大族。

4

　　不久，太陽掛在山邊，人影散亂，太守回城而賓客們也跟着同歸。樹林裏的枝葉遮蔽成蔭，鳥鳴聲忽高忽低，遊人離去，鳥兒便開始歡唱起來了。然而鳥兒只知道山林中的快樂，卻不知道人們的快樂；而人們只知道跟隨太守遊玩的快樂，卻不知道太守是以他們的快樂為快樂啊。醉了能夠和大家一起歡樂，酒醒後能夠用文章把它記述下來的，這個人就是太守。太守是誰呢？就是盧陵的歐陽修啊。

(日)(益)(精)(進)

六一居士

　　「六一」具體指的是：藏書一萬卷，集錄夏、商、周三代以來金石遺文一千卷，有琴一張，有棋一盤，又經常備好酒一壺，還有老翁（歐陽修）一個。歐陽修晚號六一居士，這段關於「六一居士」的自我介紹出自《歐陽文忠公文集》。

普通話朗讀

賣油翁

歐陽修

姓名	歐陽修
別稱	字永叔，號醉翁，晚號六一居士
出生地	綿州（今四川省綿陽市）
生卒年	公元 1007—1072 年

政務能力 👍👍👍👍👍

大膽諫言　主持考試　選拔人才

文學造詣 👍👍👍👍👍

唐宋八大家之　千古文章四大家之一　宋代散文奠基人

生命指數 👍👍👍👍

66 歲

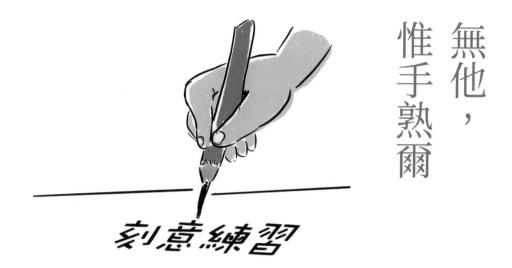

無他，
惟手熟爾

刻意練習

自命不凡的善射手陳堯諮遭遇賣油翁，被秒殺。

「無他，惟手熟爾」，是最帥的回答。

通常人們會說《賣油翁》揭示了一個通俗的道理：熟能生巧。

不，不僅僅是熟能生巧。

這四個字溫暾而缺乏棱角。我們輕慢了練習。

任何趨於完美的展現都基於不斷地刻意練習。有人說，天才養成的祕密就是練習。

練習是學習的法門，重複是習得的真理。每個人都在習得的路上，日復一日。希望終有那麼一刻，面對眾人，我們可以淡淡地說：「無他，惟手熟爾。」

乾淨，利落。

❶　　陳康肅公善射，當世無雙，公亦

以此自矜。嘗射於家圃，有賣油翁釋

擔而立，睨之，久而不去。見其發矢

十中八九，但微頷之。

陳康肅公：陳堯諮，諡號康肅，北宋人。公，舊時對男子的尊稱。　**自矜**：自誇。

睨：斜着眼看，形容不在意的樣子。　**頷**：點頭。

①   康肅公陳堯諮擅長射箭，舉世無雙，他也以此自誇。有一次，他在家裏的場地上射箭，有個賣油的老翁放下擔子，站在那裏看他，許久未走。老翁看他射十箭中了八九箭，只是對他微微點頭。

六一居士

    歐陽修晚年又號六一居士。客人問：「為甚麼叫六一居士呢？」歐陽修答：「我家中有藏書一萬卷，有集錄金石遺文一千卷，有一張琴，有一局棋，手邊時常有酒一壺。」那人疑惑道：「那只有五樣，還有一樣是甚麼呢？」歐陽修幽默地回道：「還有我這一老頭兒與這五樣相伴一生，不就是六一了嗎？」說完，與客人相視大笑。

❷ 　　康肅問曰：「汝亦知射乎？吾射不亦精乎？」翁曰：「無他，但手熟爾。」康肅**忿然** ^(fèn)曰：「爾安敢輕吾射！」翁曰：「以我 **酌** ^(zhuó)油知之。」乃取一葫蘆置於地，以錢覆其口，徐以 杓 ^(sháo)酌油瀝 之，自錢孔入，而錢不濕。因曰：「我亦無他，惟手熟爾。」康肅笑而遣之。

❸ 　　此與莊生所謂解牛 **斫** ^(zhuó)**輪**者何異？

忿然：氣憤的樣子。　　**酌**：舀取，這裏指倒入。

斫輪：斫木製造車輪。斫，用刀、斧等砍劈。

140

② 　　陳堯諮問賣油翁：「你也懂得射箭嗎？我的箭法不是很高明嗎？」老翁說：「沒有別的奧妙，不過是手法熟練罷了。」陳堯諮氣憤地說：「你怎麼敢輕視我射箭的本領！」老翁說：「憑我倒油的經驗就知道這個道理。」於是（老翁）拿出一個葫蘆放在地上，把一枚銅錢蓋在葫蘆口上，慢慢地用油勺舀油注入葫蘆裏，油從錢孔注入而錢卻沒有濕。（他）接着說：「我也沒有別的奧妙，只不過是手法熟練罷了。」陳堯諮笑着將他送走了。

③ 　　這與莊子所講的庖丁解牛、輪扁斫輪的故事有甚麼區別呢？

(日)(益)(精)(進)

「庖丁解牛」和「輪扁斫輪」

　　「庖丁解牛」出自《莊子‧養生主》，有一名叫丁的廚師，宰牛技術高超，手觸、肩倚、腳踩、膝頂之處，都發出皮骨相離聲，刀刺之響合乎音律。梁惠王誇讚他，他說只要反覆實踐，掌握牛身結構，就能得心應手，運用自如，迎刃而解。

　　「輪扁斫輪」出自《莊子‧天道》，輪扁是春秋時齊國有名的造車工人，他同廚師丁一樣，造車的技藝十分精湛。

普通話朗讀

木蘭辭

北朝民歌

姓名	郭茂倩
別稱	字德粲
出生地	鄆州須城（今山東省東平縣）
生卒年	公元 1041—1099 年

音樂造詣 👍👍👍👍👍

著名音樂家　因編纂《樂府詩集》而揚名後世

文學造詣 👍👍👍👍

《樂府詩集》是研究樂府詩的重要著作

生命指數 👍👍👍

59 歲

木蘭從軍，為何自己「買買買」？

《木蘭辭》是一首著名的北朝樂府民歌，講述了一個孝順、勇敢的少女花木蘭替父從軍，逐漸成長為巾幗英雄的故事。詩中，木蘭在離家出征前來到集市，「買買買」了起來：東市買駿馬，西市買鞍韉，南市買轡頭，北市買長鞭。

為國征戰，木蘭為甚麼要自己去買裝備呢？

花木蘭的生活年代有兩種說法，一是北魏時期，另一種是隋唐時期。但是，《木蘭辭》中體現了當時的一種兵役制度 —— 府兵制。府兵制是一種兵農合一、亦兵亦農的兵役制度。全國各地被分成若干兵府，府兵平時務農，在務農間隙進行訓練，戰時則從軍打仗。府兵服役期間，朝廷免除賦稅和徭役，但衣裝、兵器、戰馬以及赴役途中的糧食需要府兵自備。這便是木蘭出征前自購裝備的原因。

❶ 唧唧復**唧唧**，木蘭當戶織。不聞**機杼**
聲，唯聞女歎息。

❷ 問女何所思，問女何所憶。女亦無
所思，女亦無所憶。昨夜見**軍帖**，**可汗大
點兵**，軍書十二卷，卷卷有爺名。**阿爺**無
大兒，木蘭無長兄，願為市鞍　　　馬
，從此替爺征。

唧唧：歎息聲。　　**機杼**：織布機。　　**軍帖**：軍中的文告。
可汗：我國古代西北地區民族對首領的稱呼。　　**大點兵**：大規模徵兵。　　**阿爺**：指父親。

❶ 　　木蘭對着門織布的時候，發出一聲又一聲的歎息。聽不見織布機發出聲音，只聽見木蘭在歎息。

❷ 　　問木蘭在想甚麼？問木蘭在惦記甚麼？（木蘭答道）我沒在想甚麼，也沒在惦記甚麼。昨天晚上看見了徵兵的文告，可汗在大規模徵兵，徵兵的名冊有很多卷，每一卷上都有我父親的名字。父親沒有大兒子，我沒有兄長，木蘭願意為此到集市上去買馬鞍和馬匹，從此替代父親去征戰。

(日)(益)(精)(進)

歷史上是否真有花木蘭其人？

　　花木蘭是中國古代的巾幗英雄，因代父從軍，擊敗其他民族的入侵而流傳千古，被唐代皇帝追封為「孝烈將軍」。歷史上確實有這樣一位女英雄，但對於她的姓氏、故里、出生年代眾說紛紜，莫衷一是。在《木蘭辭》中，這位巾幗英雄是北魏宋州人（今河南商丘人），姓花，名木蘭。

3 東市買駿馬，西市買鞍韉 ，南市
買轡頭 ，北市買長鞭 。旦辭爺娘
去，暮宿黃河邊，不聞爺娘喚女聲，但聞黃
河流水鳴濺濺。旦辭黃河去，暮 至
黑山頭，不聞爺娘喚女聲，但聞燕山胡騎鳴
啾啾。

鞍韉：馬鞍和馬鞍下的墊子。　**轡頭**：駕馭牲口用的嚼子和韁繩。　**辭**：離開，辭行。
濺濺：水流的聲音。　**啾啾**：馬鳴的聲音。

　　在集市各處購買駿馬和鞍韉、轡頭、長鞭這些馬具。早晨辭別父母而離開，晚上宿營在黃河邊，聽不見父母呼喚女兒的聲音，只聽見黃河水流發出嘩啦啦的聲音。早晨告別了黃河而離開，晚上到達黑山頭，聽不見父母呼喚女兒的聲音，只聽見燕山上胡人的戰馬啾啾嘶鳴。

日(益)精(進)

花木蘭如果是北魏人，她在跟誰打仗？

　　北魏時期，中原面臨柔然人的騷擾入侵，花木蘭被召入伍就是去與柔然作戰。柔然是公元 4 世紀後期至 6 世紀中葉，繼匈奴、鮮卑等之後崛起的部落汗國。柔然主要遊牧範圍大體為今蒙古國全境、俄羅斯聯邦貝加爾湖地區，西至阿爾泰山西麓，東達額爾古納河西岸地區，核心區在今蒙古國。

④ 萬里赴**戎機**，關山**度**若飛。**朔** 氣傳**金**

柝 ，寒光照鐵衣 。將軍百戰

死，壯士十年歸。

⑤ 歸 來 見 天 子 ， 天 子 坐 明 堂 。 **策 勛**

 十二 **轉** ，賞賜百千 **強** 。可

汗問所欲，木蘭不用尚書郎，願馳千里足，

送兒還故鄉。

戎機：指戰事。　**度**：越過。　**朔氣**：北方的寒氣。朔，北方。

金柝：即刁斗。古代軍中用來報更的銅器。　**策勛**：記功。

十二轉：十二轉為最高的勛級，形容功勞極高。轉，勛位每升一級叫一轉。

4　　不遠萬里投身戰事，飛一般地越過關隘和山川。北方的寒氣中傳來打更的聲音，清冷的月光照在將士們的鎧甲上。將士們身經百戰，有的為國捐軀，有的轉戰多年勝利歸來。

5　　勝利歸來朝見天子，天子坐在宮殿之中。天子給木蘭記了很大的功勛，賞賜了很多的財物。天子問木蘭想要甚麼，木蘭說不願做尚書郎，希望能騎着千里馬，快馬加鞭送我回故鄉。

日益精進

天子和可汗是一個人嗎？

　　天子和可汗是一個人，都是指北魏的帝王。北魏是我國歷史上一個特殊的朝代，雖然自上而下都崇尚漢文化，但北魏的帝王其實並非漢人，而是鮮卑人。正因為如此，《木蘭辭》裏才會用可汗來稱呼天子，這其實是按照鮮卑人的習慣來稱呼的。

6 爺娘聞女來，出**郭**相扶將；阿姊聞

妹來，當戶理紅妝；小弟聞姊來，磨刀**霍霍**
（huòhuò）

向豬羊。開我東閣門，坐我

西閣牀，脱我戰時袍，**着**（zhuó）我舊時裳（cháng）。當窗

理雲鬢（bìn），對鏡帖花黃。出門看**火伴**，火伴皆

驚忙：同行十二年，不知木蘭是女郎。

郭：外城。　**相扶將**：挽着她。相，副詞，一方對另一方有所動作。扶將，同義詞，扶持。

霍霍：磨刀的聲音。　**着**：穿。

火伴：同伍的士兵。古時一起打仗的人用同一個灶吃飯，所以稱「火伴」。

6 　父母聽說女兒回來了，出城來挽着她；姐姐聽說妹妹回來了，對着門户梳妝打扮起來；弟弟聽說姐姐回來了，霍霍地磨着刀準備殺豬宰羊。打開我房間的門，坐在我的牀上，脫去打仗時穿的戰袍，穿上以前的女裝，當着窗子、對着鏡子梳妝打扮。走出去看一起打仗的伙伴，他們都很吃驚，在一起當兵這麼多年，竟然不知木蘭是個女子。

帖花黃

　古時流行的一種化妝方式，把金黃色的紙剪成星、月、花、鳥等形狀貼於額上，或在額上塗上黃色。帖，通「貼」。花黃，古代婦女的一種面部裝飾物。

⑦　雄兔腳**撲朔** ，雌兔眼**迷離**；雙兔

 傍地走，**安能**辨我是雄雌？

撲朔：跳躍。　**迷離**：眯着眼。　**傍地走**：貼着地面跑。走，跑。　**安能**：怎麼能夠。

7　（據説，提着兔子的耳朵懸在半空時）雄兔兩隻前腳時常動彈，雌兔兩隻眼睛時常眯着，所以容易辨認。雄雌兩隻兔子貼着地面跑，怎能辨別哪只是雄兔，哪只是雌兔呢？（怎麼能辨別出我是男是女呢？）

日益精進

中國四大巾幗英雄

　　「替父從軍」花木蘭 —— 北魏名將；「大唐女將」樊梨花 ——《隋唐演義》中薛丁山之妻（虛構人物），薛丁山的原型為薛仁貴之子薛訥；「楊門女將」穆桂英 —— 明代小説《楊家將傳》中虛構的人物；「抗金英雄」梁紅玉 —— 抗金名將韓世忠之妻。

普通話朗讀

18

記承天寺夜遊

蘇軾

姓名	蘇軾
別稱	字子瞻，號東坡居士， 謚號「文忠」，世稱蘇東坡
出生地	眉州眉山（今四川省眉山市）
生卒年	公元 1037—1101 年

文學造詣 👍👍👍👍👍

「唐宋八大家」之一　與黃庭堅並稱「蘇黃」
與辛棄疾並稱「蘇辛」　與歐陽修並稱「歐蘇」
散文著述宏富

才藝指數 👍👍👍👍👍

書法家（「宋四家」之一）
畫家（擅長文人畫，尤擅墨竹、怪石、枯木等）

生命指數 👍👍👍👍

65 歲

不要用美食勾引我……

人間有味是清歡

　　因為太過迷人，所以這世上只能有一個蘇東坡，絕無第二。

　　他是偉大的文豪，著名的畫家、書法家，也是工程師、瑜伽修行者、茶道王、造酒試驗家。

　　他是皇帝的祕書、溫厚的法官，也是專唱反調的刺頭、窮苦人的朋友。

　　他是詩人，是流行歌王，也是喜歡自嘲的「小丑」，一個月光下的徘徊者。

　　他是偉人，也是孩童。林語堂說他「混雜着蛇的智慧與鴿子的溫文」，奇妙的是，這混雜完全忠實，渾然天成。

　　因為從不裝腔作勢，所以一任又一任皇帝私下都崇拜他；因為口無遮攔、光明磊落，所以一代又一代太后都成

了他的朋友。他能寫出赤壁的曠達、廣寒宮的清幽，也能筆鋒一轉，記錄生活瑣碎的流水。他在花下喝酒，在凳上聽琴；出東門，買個大木盆，洗淨瓜果蔬菜；路過人家的橘園，討幾粒種子，喝幾口棗湯……他永遠進退自如，永遠高高興興。

他仁慈慷慨，老是省不下錢，卻總自認為和帝王一樣富有。

他一路被貶，但天生吃貨一枚，走到哪兒，吃到哪兒，人間有味是清歡。

他對荔枝上癮，他嗜豬肉如命，他愛海南的生蠔，他不管春江水暖鴨子是否先知，只盼河豚肥美、鱸魚鮮甜。

他沒有詭計，不抱功利心，他一路唱歌，一路寫字，一路吃好吃的、喝好喝的，沒有任何目的，只求我手寫我心。

他一生沉浮，半世漂泊，卻始終銘記偶像范仲淹的「不

以物喜，不以己悲」。處變不驚，可進可退，無往而不可，用寬廣的胸襟擁抱大千世界，是他留給世人的精神寶藏。

　　就像那一次，他因「烏台詩案」被貶到黃州，做着有職無權的閒官，過着半流放的生活，雖壯志難酬，夜深人靜時也曾輾轉難眠，但他能自我排遣並找到能與自己分享月光的人。

　　承天寺的凉夜，瀟灑、隨意，洞見自己的本性；承天寺的月光，清冽、通透，勾勒想像的豔冶；承天寺的漫步，是會心，是知己，是同為天涯淪落人的酸楚，也是相逢何必曾相識的釋然。

　　第一次，承天寺的枯槁被油彩點染；第一次，人化作魚，通感，移覺，空明澄澈，疏影搖曳；第一次，有人將自己浸泡於景色之中，與天上的月光追逐，和竹柏的影子嬉戲，寒氣氤氳，人就裹緊衣領，水草纏繞，人也跟着翩翩起舞。

　　這不是夢，不是幻境，這是天人合一的真實體驗，是世間最美的譬喻。

　　蘇東坡，最細微的撬動，就是發現了日常，並禮讚它。

　　而他最偉大的貢獻，就是饋贈給世間一個獨一無二的自己。

元豐六年十月十二日夜，解^{jiě}衣欲睡 ，月色  入戶，欣然起行。念

^{wéi}無與為樂者，遂至承天寺尋張懷民。懷民亦

未寢，相與 步於中庭。庭下如積水空

明，水中藻、荇交橫^{héng} ，蓋 竹

柏影也。何夜無月？何處無竹柏？但少閒人

如吾兩人者耳。

元豐：宋神宗趙頊（xū）年號。　相與：共同，一起。

空明：形容水澄澈，此處指月色如水般澄淨明亮。　藻、荇：均為水生植物。

閒人：這裏是指不慕名利而能從容流連光景的人。蘇軾寫此文時被貶到黃州，做着有職無權的官，所以他十分清閒，故自稱「閒人」。

元豐六年十月十二日夜晚，（我）正脫衣準備入睡，（恰好看到）月光照進門戶，於是高興地起身出門。考慮到沒有和我一起遊樂的人，就到承天寺尋找張懷民。張懷民也還沒睡，（就和他）一起在庭院裏散步。庭院中（的月光）就像一泓積水一樣澄澈透明，水中水藻、荇菜縱橫交錯，原來是院中竹子和柏樹的影子。哪個晚上沒有月亮？哪個地方沒有竹柏？只是缺少像我們兩個這樣清閒的人罷了。

日益精進

「三蘇」

「三蘇」為「唐宋八大家」中的三位，指北宋散文家蘇洵和他的兒子蘇軾、蘇轍。宋仁宗嘉祐初年，蘇洵、蘇軾、蘇轍父子三人都到了東京（今河南省開封市）。由於歐陽修的賞識和推譽，他們的文章很快聞名於世，被士大夫爭相傳誦，一時間學者競相仿效。

普通話朗讀

19

核舟記

魏學洢

姓名	魏學洢 (yī)
別稱	字子敬，號茅簷
出生地	嘉善（今浙江省嘉興市）
生卒年	約公元 1596 年—約公元 1625 年

文學造詣 👍👍👍👍👍

明代著名散文家　主要作品《核舟記》《茅簷集》

生命指數 👍👍

30 歲

小中寓大，尺幅千里

如果不是英年早逝，魏學洢一定會成為文豪。

如果那位喜歡蒐集故事的文官遺漏了這篇短文，小小桃核，就不會凝固永恆的璀璨。

如果那時就有說明文體，他一定能與法布爾齊名。

如果不從船篷寫起，你一定不曾想過，背景也可成主體；如果不讓一人長嘯，一人聽茶，我們準會錯過丹墨呼應，動靜相宜。

文中文，戲中戲，如果不嵌套蘇黃與佛印，小核不會化為扁舟，你我也不會重遊赤壁，體味心性不羈、宇宙浩瀚。

蘇軾的襟懷，王叔遠的絕技，魏學洢的文筆，一篇文章，兩件藝術，三層境界，小中寓大，尺幅千里。

❶ 明有奇巧人曰王叔遠，能以徑寸之

木，為宮室、器皿、人物，以至鳥獸、木

石，wǎng 罔 不因勢象形，各具情態。嘗貽余核

舟一，蓋大蘇 泛赤壁云。

徑寸之木：直徑一寸的木頭。徑，直徑。　罔不：無不，全都。　因：就着。

象：模仿。這裏指雕刻。　嘗：曾經。　貽：贈送。

　　明朝有一個手藝奇妙精巧的人叫王叔遠，（他）能用直徑一寸的木頭，雕刻出宮殿、器具、人物，以至於飛鳥、走獸、樹木、石頭，沒有一件不是根據木頭原來的形狀，雕刻成各種事物的樣子，各有各的神情和姿態。（他）曾經送給我一艘用桃核雕刻成的小船，刻的是蘇軾乘船遊赤壁。

日益精進

《虞初新志》

　　明末清初中國文言短篇小說集，由清代張潮編。小說以「虞初」命名，始見於班固《漢書·藝文志》所載《虞初周說》。虞初是漢武帝時的一個方士，後人將他當成「小說家」的始祖，「虞初」同時也成了「小說」的代名詞。清初張潮的《虞初新志》收集了明末清初的短篇小說，匯為一編，共 20 卷。

❷ 舟首尾長約八分**有奇**（yòu jī），高可二黍

許。**中軒敞（chǎng）者為艙**，**箬**（ruò）篷覆之。旁開

小窗，左右各四，共八扇。啟窗而觀，雕欄

相望焉。閉之，則右刻「山高月小，水落石

出」，左刻「清風徐來，水波不興」，石青糝（sǎn）

之。

有奇：多一點。有，通「又」，用於整數和零數之間，表示整數之外再加零數。

黍：黍子，去皮後叫黃米。　**許**：上下。

中軒敞者為艙：中間高起開敞的部分是船艙。軒，高起。

箬篷：用箬竹葉做成的船篷。　**糝**：灑上，這裏指塗抹。

❷

核舟的船頭到船尾大約長八分多一點，有兩顆黃米粒那麼高。中間高起而寬敞的部分是船艙，用箬竹葉做的船篷覆蓋着它。旁邊開有小窗，左右兩邊各四扇，一共八扇。打開窗戶來看，雕刻着花紋的欄杆左右相對。關上窗戶，就看到一副對聯，右邊刻着「山高月小，水落石出」，左邊刻着「清風徐來，水波不興」，用石青塗抹在刻着字的凹處。

日益精進

《前赤壁賦》《後赤壁賦》

　　《前赤壁賦》又叫《赤壁賦》，是北宋文學家蘇軾創作於宋神宗元豐五年貶謫黃州（今湖北省黃岡市）之時，記敍了自己與朋友們月夜泛舟遊赤壁時的所見所感，通過主客問答的形式，反映了從月夜泛舟的舒暢，到懷古傷今的悲咽，再到精神解脱的達觀。《後赤壁賦》是《赤壁賦》的姊妹篇，與前篇純寫江上泛舟不同，後篇記遊，以登岸履險為主，也無談玄説理的內容。

3 船頭坐三人，中峨冠而多髯者為東坡，佛印居右，魯直居左。蘇、黃共閱一手卷。東坡右手執卷端，左手撫魯直背。魯直左手執卷末，右手指卷，如有所語。東坡現右足，魯直現左足，各微側，其兩膝相比者，各隱卷底衣褶中。佛印**絕類**彌勒，袒胸露乳，矯首昂視，神情與蘇、黃**不屬**。臥右膝，**詘**右臂支船，而豎其左膝，左臂掛念珠倚之 —— 珠可歷歷數也。

絕類：很像，像極了。　　**不屬**：不相類似。　　**詘**：同「屈」，彎曲。

3

船頭坐着三個人，中間戴着高帽子、鬍鬚濃密的人是蘇東坡，佛印和尚位於蘇東坡的右邊，黃庭堅位於蘇東坡的左邊。蘇東坡、黃庭堅共同看着一幅書畫手卷。蘇東坡右手拿着手卷的右端，左手輕搭在黃庭堅的背上。黃庭堅左手拿着手卷的左端，右手指着手卷，好像在說些甚麼。蘇東坡露出右腳，黃庭堅露出左腳，他們的身子都略微側斜，他們互相靠近的兩膝，都被遮蔽在手卷下邊的衣褶裏。佛印像極了彌勒佛，袒胸露乳，抬頭仰望，神情與蘇東坡、黃庭堅都不一樣。他平放右邊的膝蓋，彎曲着右臂支撐在船板上，左腿曲膝豎起，左臂上掛着一串念珠，靠在左邊的膝蓋上——念珠可以清清楚楚地數出來。

日益精進

黃庭堅

字魯直，號山谷道人，北宋著名文學家、書法家，江西詩派開山之祖。遊學於蘇軾門下，「蘇門四學士」之一。書法獨樹一格，與蘇軾、米芾 (fú)、蔡襄合稱為「宋四家」，共同代表了北宋書法的最高成就。

❹ 舟尾橫臥一楫 。楫左右舟子各一

人。居右者椎髻 仰面，左手倚一衡木，

右手攀右趾，若嘯呼狀。居左者右手執蒲葵

扇 ，左手撫爐，爐上有壺，其人視端容

寂，若聽茶聲 然。

楫：船槳。　　**椎髻**：梳成椎形髮髻。　　**衡**：與「縱」相對，在這個意義上同「橫」。

視端容寂：眼睛正視茶爐，神色平靜。　　**若聽茶聲然**：好像在聽茶水燒開了沒有的樣子。
若……然，相當於「好像……的樣子」。

4 　船尾橫放着一支船槳。船槳的左右兩邊各有一名撐船的船工。右邊的船工梳着椎形髮髻，仰着臉，左手倚在一根橫木上，右手扳着右腳趾，好像在大聲呼喊的樣子。左邊的船工右手拿着一把蒲葵扇，左手弄着火爐，爐上有一把水壺，那個人的眼睛正看着茶爐，神色平靜，好像在聽茶爐燒水的聲音似的。

日益精進

記

　一種文體，它可以記人和事，可以記山川名勝，可以記器物建築，故又稱「雜記」。本文為一篇描寫器物的説明文。

5　　　其船背稍**夷**，則題名其上，文曰「天啟

rén xū

壬戌秋日，虞山王毅叔遠**甫**刻」，細若蚊足

，鉤畫了了，其色墨 Black黑。又用　　zhuàn篆

章一，文曰「初平山人」，其色丹 Red 紅。

夷：平。　**甫**：通「父」，古代對男子的美稱，多附於字之後。

⑤　　這艘小船的船背較為平坦，上面刻着作者自己的題款名字，文字是「天啟壬戌秋日，虞山王毅叔遠甫刻」，筆畫像蚊子的腳一樣細小，一筆一畫都刻得清楚，字的顏色是黑色。（上面）還刻着一枚篆字圖章，文字是「初平山人」，字的顏色是紅色。

日益精進

微雕

　　微雕是一種以微小精細見長的雕刻技法，分為圓雕、浮雕和透雕等，它甚至可以在米粒大小的象牙片、竹片上進行雕刻，一般要用放大鏡才能看到雕刻內容。中國的微雕歷史源遠流長，早在殷商的甲骨文中就出現了微雕，本文中的核舟，也是一件經典的微雕作品。

6 通計一舟，為人五；為窗八；為箬篷，

為楫，為爐，為壺，為手卷，為念珠各一；

對聯、題名並 篆（zhuàn）文，為字共三十有四。而

計其長 **曾**（zēng）**不盈寸** 。蓋**簡**桃核**修狹**者為

之。嘻，技亦靈怪矣哉！

曾不盈寸：竟然不滿一寸。曾，竟然。盈，滿。　**簡**：選擇，挑選。　**修狹**：長而窄。

6

　　這一條船上，總計刻了五個人，八扇窗戶；刻了竹篷、船槳、爐子、茶壺、手卷、念珠各一件；對聯、題名和篆文，一共刻了三十四個字。可是計算它的長度，竟然還不滿一寸。原來是挑選長而窄的桃核雕刻而成的。啊，他的技藝可真是神奇呀！

日益精進

古代數詞與名詞的搭配

　　關於數詞和名詞的搭配，如若重點在名詞上，數詞一般放在名詞的前面，如文中的「一手卷」「一楫」「一舟」；如若重點在數詞上，數詞一般要放在名詞之後，如「人五」「窗八」等。

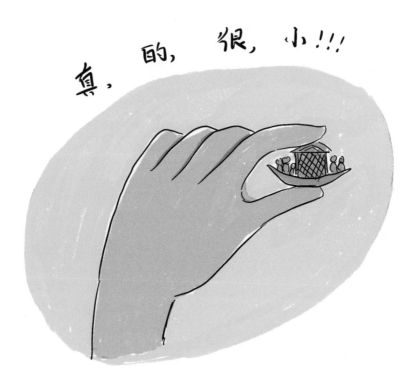

普通話朗讀

狼

蒲松齡

姓名	蒲松齡
別稱	字留仙，一字劍臣，
	號柳泉居士，世稱聊齋先生
出生地	濟南府淄川（今山東省淄博市）
生卒年	公元 1640—1715 年

文學造詣 👍👍👍👍👍

文學家　文言短篇小説集《聊齋志異》

才藝指數 👍👍👍👍👍

音樂達人，尤擅創作俚曲，在農業、醫藥方面也頗有建樹

生命指數 👍👍👍👍

76 歲

你有故事，
我有茶

　　清朝康熙年間，有一個老人，他家徒四壁，一妻四子女過着有一餐沒一餐的窮日子。然而老人倒也看得開，一把破椅子就擱在家門外人潮熙攘的十字路口，炎炎夏日，豆棚瓜架下，邊搖着蒲扇邊啜（chuò）飲着茶。仔細一看，隨風飄揚的簾子上寫着「奉茶」二字。路人在這兒歇腳喝茶，老人總有辦法讓人家侃侃而談，「我曾聽人說過⋯⋯」故事一開頭，老人眯着眼，邊聽邊點頭，每每聽到讓人咂舌的奇異故事，老人便用筆紙速記下來。鄉里人也好，趕

路人也罷，只要你有故事，茶水免費喝。路人起身離開時，老人總是笑着說：「謝謝你告訴我這麼有趣的故事。」

　　這個老人便是清朝著名的短篇小說家蒲松齡。老人聽別人講了大半輩子的奇異故事，自己也寫了大半輩子的奇異故事，終於，在文學的世界裏，給世人留下了一部最令人津津樂道的鄉野奇談 ——《聊齋志異》。

　　蒲松齡最初的夢想並非寫志怪小說，與其他讀書人一樣，考試做官、求取功名才是他的志向。然而，蒲松齡可以說是中國考試史上最慘的炮灰了，科舉考了半個世紀，屢試不第。十九歲時，他也曾接連考到縣、府、道三個第一，名震一時，然而，這個少年絕沒有想到這竟是自己考試生涯裏唯一的高光時刻。此後的考試，他屢屢受挫，漫漫科舉路走到最後也沒有一個圓滿的結局，直到七十二歲時，才補了一個貢生。在此之前，他的最高學歷只是秀才。無奈之下，他做了四十餘年的私塾先生。好在，他有一個安貧

樂道的好妻子；更好在，這世界上還有那麼多有趣的故事。這些故事治癒了他受傷的心靈，也壯大了他的夢想。

《聊齋志異》裏萬物皆有靈，一座斷橋就是一個期待，一隻雁最懂深情，一隻蟋蟀也能留下千古絕唱。這是狐鬼版的「深夜食堂」，民間故事是食材，市井氣是鍋灶，體恤之心為湯底，幽默是調味劑，嬉笑怒罵，精心炮製，翻炒對現實的抨擊，熬出對普通人的愛與憐憫。

最終，才華和努力未辜負時光，蒲松齡讓孤憤和想像力齊飛，《聊齋志異》終成一道名垂千古的美味。

康熙五十四年，這位七十六歲的天才作家，坐在自己的聊齋窗前，永遠地離開了人世。與聊齋相依相伴的狐鬼神妖，依次粉墨登場，他創作的俚曲在山東廣為傳唱。帶着一生執着、一世淒苦、一部奇書、一腔浪漫，蒲松齡走了。但，風來了。

三百多年後，「狼亦黠矣」已成為考試的考題，不知道這位輸了一生的考生，面對此題時，心裏會怎麼想……

❶　　一**屠**晚  歸，擔中肉盡，**止**有剩

骨。途中兩狼，**綴**行^{zhuì}　甚遠。

❷　　屠懼，投以骨。一狼得骨止，一狼仍

從。復投之，後狼止而前狼又至。骨已盡

矣，而兩狼之並驅**如故**。

屠：以宰殺牲畜為職業的人，即屠戶。　　**止**：僅，只。　　**綴**：連接，這裏可譯作「緊跟」。
如故：像原來一樣。

❶

　　一個屠户傍晚回家，擔子裏的肉賣完了，只有剩下的骨頭。半路上有兩隻狼，緊跟着（他）走了很遠。

❷

　　屠户害怕，拿骨頭扔給狼。一隻狼得到骨頭就停住了，另一隻狼仍然跟着。（屠户）再次扔骨頭，後得到骨頭的狼停住了，而先獲得骨頭的狼又跟上來了。骨頭已經沒有了，可是兩隻狼仍像原來一樣一起跟隨（屠户）。

（日）（益）（精）（進）

《聊齋志異》

　　簡稱《聊齋》，俗名《鬼狐傳》，是中國清代小説家蒲松齡創作的文言短篇小説集，共收錄短篇小説 491 篇。聊齋，是蒲松齡的書齋名；志，記錄；異，奇異的故事。《聊齋志異》中原文為《狼三則》，本文是其二。

3

屠大 **窘**（jiǒng），恐前後受其敵。顧  野有麥場，場主**積薪** 其中，**苫**（shàn）**蔽**成丘。屠乃奔倚其下，**弛**擔持刀。狼不敢前，**眈**（dān）**眈**相向 。

窘：困窘，為難。 **顧**：看。 **積薪**：堆積柴草。 **苫蔽**：覆蓋、遮蓋。 **弛**：卸下。
眈眈：兇狼注視的樣子。

③ 屠户非常困窘為難，擔心前後都受到狼攻擊。（他）看見田野裏有個麥場，場主在裏面堆積了柴草，覆蓋成小山似的。屠户於是跑過去倚靠在柴草堆下，卸下擔子拿起屠刀。兩隻狼不敢上前，兇狠地朝着屠户看。

⸻

日益精進

清代著名文人王士禎為《聊齋志異》題詩：

> 姑妄言之姑聽之，
> 豆棚瓜架雨如絲。
> 料應厭作人間語，
> 愛聽秋墳鬼唱詩。

4 　　少時，一狼徑去，其一犬坐於前。久之，目似瞑，意暇甚。屠暴起，以刀劈狼首，又數刀斃之。方欲行，轉視積薪後，一狼洞其中，意將隧入以攻其後也。身已半入，止露尻尾。屠自後斷其股，亦斃之。乃悟前狼假寐，蓋以誘敵。

5 　　狼亦黠矣，而頃刻兩斃，禽獸之變詐幾何哉？止增笑耳。

瞑：閉眼。　　意暇甚：神情很悠閒。　　暴：突然。　　尻：屁股。　　股：大腿。　　寐：睡覺。
黠：狡猾。　　耳：罷了。

4　　一會兒，一隻狼徑直走開了，另一隻狼像狗一樣蹲坐在前面。時間長了，（狼的）眼睛好像閉上了，神情悠閒得很。屠戶突然跳起來，用刀砍狼的頭，又連砍了幾刀殺死了狼。（屠戶）剛想離開，轉身看柴草堆後面，另一隻狼正在裏邊挖洞，想要從柴草堆中打洞來攻擊他後面。狼身已經鑽進去一半，只露出屁股和尾巴。屠戶從後面砍斷了狼的大腿，也把這只狼殺死了。他才領悟到前面的狼假裝睡覺，原來是在誘引敵人。

5　　狼夠狡猾的了，然而頃刻間兩隻狼都被殺死了，禽獸的欺騙手段能有多少呢？只是增加笑料罷了。

日益精進

現代文學家郭沫若和老舍對《聊齋》的評價

　　郭沫若：「寫鬼寫妖高人一等，刺貪刺虐入骨三分。」

　　老舍：「鬼狐有性格，笑罵成文章。」

請吃半魯

　　蒲松齡有個做宰相的同窗曾送來「請吃半魯」的請帖，邀蒲松齡喝魚湯，讓他體驗一下「渾水摸魚」。蒲松齡很生氣，認為為官應清正廉潔，於是也寫了一封「請吃半魯」的請帖回請同窗。同窗赴宴，可直到快日落，也沒有菜上桌。同窗肚餓，問蒲松齡何時吃飯，蒲松齡答：「你的半魯已經吃完了呀。」同窗恍然大悟：「魯」的下半部是「日」，他是勸我要心懷陽光，去做個好官啊！

此處狼出沒！！！

普通話朗讀

21

河中石獸

紀昀

姓名	紀昀
別稱	字曉嵐，別字春帆，號石雲
出生地	直隸河間府獻縣
	（今河北省獻縣）
生卒年	公元 1724—1805 年

政績 👍👍👍👍👍

主持科舉　主持編修

文學造詣 👍👍👍👍

編纂《四庫全書》　創作《閱微草堂筆記》

才藝指數 👍👍👍👍👍

書法家

生命指數 👍👍👍👍👍

82 歲

都是煙袋惹的禍

紀昀，清代著名學者，乾隆年間官至禮部尚書。

文思敏捷，口才犀利，才高八斗。

長相醜陋，天生近視，煙不離手。

可能連他自己都沒想到，他會因為愛抽煙袋而被世人熟識。

五十歲受命編纂《四庫全書》，晚年整理創作《閱微草堂筆記》。前者是歷代文獻，慮周藻密；後者為民間故事，質樸簡淡。

學而優則仕，是歷代文人的主流思想，紀曉嵐無疑是其中翹楚。他曾給自己寫過一聯，「浮沉宦海如鷗鳥，生死書叢似蠹（dù）魚」，個中滋味也許只有他獨自一人咂摸煙袋時才能品出吧。

① 滄州南一寺臨**河干**，山門**圮**  於

河，二石獸並沉焉。**閱**十餘歲，僧募金重

修，求二石獸於水中，**竟**不可得，以為順流

下矣。**棹** 數小舟，**曳鐵鈀**  ，尋十

餘里無跡。

河干：河岸。干，岸。　**圮**：倒塌。　**閱**：經過，經歷。　**竟**：終了，最後。　**棹**：划船。
曳鐵鈀：拖着鐵鈀。

❶　　滄州的南面有一座寺廟面對河岸，寺廟的大門倒塌在河裏，門前的兩隻石獸也一起沉沒在此河中。過了十多年，僧人們募集金錢重修寺廟，在河中尋找兩隻石獸，到底還是沒找到，僧人們認為石獸順着水流到下游了。於是（僧人們）划着幾隻小船，拖着鐵鈀，向下游找了十多里，沒有找到蹤跡。

日益精進

《閱微草堂筆記》

　　創作始於乾隆五十四年（公元 1789 年），終於嘉慶三年（公元 1798 年），歷時十年，約在紀昀 66 歲到 76 歲之間。全書主要記述狐鬼神怪故事，意在勸善懲惡。

❷ 　　一講學家設帳寺中，聞之笑曰：「爾輩不能究物理。是非木柿，豈能為暴漲攜之去？乃石性堅重，沙性鬆浮，湮於沙上，漸沉漸深耳。沿河求之，不亦顛乎？」眾服為確論。

設帳：設館教書。　**物理**：事物的道理。　**是**：這。　**木柿**：削下來的木片。

顛：顛倒，錯亂。

❷　　一位講學家在寺廟中教書，聽說了這件事笑着説：「你們這些人不能探究事物的道理。這不是木片，怎麼能被暴漲的洪水帶走呢？而且石頭的特點是堅硬沉重，泥沙的特點是鬆軟浮動，石獸埋沒在沙裏，越沉越深罷了。順着河流尋找石獸，不是很荒唐嗎？」大家信服（他的話）是真確的言論。

日益精進

筆記小説

　　筆記小説是一種筆記式的短篇故事，於魏晉時期開始出現，學界一般均依魯迅的觀點將其概分為「志人小説」和「志怪小説」兩種主要類型。紀曉嵐的《閱微草堂筆記》和蒲松齡的《聊齋志異》，都是達到了相當高度的筆記小説。

3

一老**河兵**聞之，又笑曰：「凡河中失石，當求之於上流。蓋 石性堅重，沙性鬆浮，水不能沖石，其反激之力，必於石下迎水處**嚙**（niè）沙為坎穴（kǎn） 。漸激漸深，至石之半，石必**倒擲**（zhì）坎穴中。如是再嚙，石又再轉。轉轉不已，遂反溯流（sù） 逆上矣。求之下流，固顛；求之地中，不更顛乎？」

如其言，果得於數里外。然則天下之事，但知其一，不知其二者多矣，可據理臆（yì）斷歟（yú）？

河兵：巡河、護河的士兵。　**嚙**：咬，這裏是侵蝕、沖刷的意思。　**倒擲**：傾倒。

3 　　一位老河兵聽說了講學家的觀點，又笑着說：「凡是落入河中的石頭，都應當在河的上游尋找它。正因為石頭的性質堅硬沉重，沙的性質鬆軟輕浮，水流不能沖走石頭，水流反沖的力量，一定在石頭下面迎水的地方沖刷沙子形成坑洞。越激越深，當坑洞延伸到石頭底部的一半時，石頭必定傾倒在坑洞中。像這樣再沖刷，石頭又再次轉動。不停地轉動，於是反而逆流朝相反方向往上走了。到河的下游尋找石獸，本來就顯得很荒唐；在沉沒的地方向下尋找，不是顯得更荒唐嗎？」依照他的話，果然在幾里之外找到了石獸。這樣看來，天下的事，只知道事物的一方面，而不知它的另一面的情況很多，可以根據某個道理憑猜測來斷定嗎？

（日）（益）（精）（進）

文達公

　　嘉慶帝御賜碑文「敏而好學可為文，授之以政無不達」，故紀昀卒後謚號「文達」，鄉里世稱「文達公」。

普通話朗讀